성균관 관장
최근덕 선생님이 쉽게 풀어 쓴

어린이 초한지

①

성균관 관장 최근덕 선생님이 쉽게 풀어 쓴
어린이 초한지 1

초판 1쇄 발행일 | 2007년 12월 25일   초판 6쇄 발행일 | 2012년 02월 20일

지은이 | 최근덕
그린이 | 주 훈
펴낸이 | 강창용
펴낸곳 | 느낌이있는책
주　소 | 경기도 파주시 교하읍 문발로 115 세종출판벤처타운 107호
전　화 | (代)031-943-5931
팩　스 | 031-943-5962
이메일 | feelbooks@paran.com
블로그 | http://feelbooks.co.cc
등록번호 | 제 10-1588   등록년월일 | 1998. 5. 16
출판기획 | 이성림   책임편집 | 신미순
디 자 인 | 박원석   책임영업 | 최강규 · 김영관

ISBN   978-89-92729-06-2   73820
ISBN   978-89-92729-09-3(세트)

성균관 관장
최근덕 선생님이 쉽게 풀어 쓴

어린이
초한지

① 떠오르는 태양

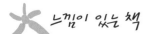
느낌이 있는 책

머리말

힘과 지혜의 한판 승부

새롭게 읽히는 어린이 초한지는 온갖 악정으로 민심을 얻지 못한 시황제의 진나라가 멸망하는 과정에서 나타난 영웅호걸들의 한판 승부를 다룬 고전입니다.

그중에서도 힘의 논리를 앞세우는 천하장사 항우와 민중을 대표하고 인(仁)과 덕(德)을 내세우는 유방과의 대결에 초점을 맞추고 있습니다.

2,400년 전, 춘추시대를 거쳐 전국시대. 중국 대륙은 연, 제, 한, 위, 조, 초의 여섯 나라와 진나라의 대립이 치열하게 전개되었습니다. 그러다 진나라의 시황제가 여섯 나라를 평정하여 천하를 통일하게 됩니다(BC 221).

그러나 시황제는 북방의 흉노를 막는다는 구실로 백성들을 동원해 만리장성을 쌓았고, 사상을 통일한다며 책을 불사르고 학자들을 흙구덩이에 파묻었으며, 아방궁이라는 호화로운 궁전을 짓는다며 백성들을 괴롭

히는 등 온갖 횡포를 일삼았습니다. 게다가 영원히 죽지 않겠다는 허황된 욕망에 사로잡혀 불로초를 구한다는 명목으로 3천 명이나 되는 아이들을 뽑아서 머나먼 타국으로 보내기도 하였습니다. 이와 같은 시황제의 잘못된 정치와 횡포는 마침내 민중의 봉기를 초래합니다. 즉, 영웅들이 하나둘씩 일어나 군사를 모으고 지방으로부터 세력을 넓혀 가기에 이릅니다.

항우와 유방!

그들 역시 시황제의 횡포에 맞서 일어난 시대의 영웅들이었습니다. 처음에 이 두 영웅은 힘을 합쳐 진나라에 대항해 싸웠습니다. 그러나 한 세상에 두 영웅이 있을 수 없는 법. 진나라가 멸망하자 둘은 서로 원수가 되어 전쟁을 치르게 됩니다.

원수가 된 것은 다음과 같은 이유 때문이었습니다.

양치기 출신으로, 초나라 왕의 혈통을 이어받은 회왕은 '관중을 평정하는 자에게 관중왕으로 삼는다'고 약속합니다. 이에 항우와 유방은 두 갈래로 나누어 진나라의 수도가 있는 관중으로 진격합니다.

진격하는 동안 항우는 진나라의 주력군과 싸워 대승을 거뒀습니다. 그러나 관중을 평정하고 덕으로서 민심을 얻은 것은 한 발 앞서 관중을 손에 넣은 유방이었습니다.

유방이 덕으로 백성들의 마음을 사는 동안, 항우는 포로들을 죽이는가 하면, 관중을 불살랐으며, 진나라 왕 자영까지 죽여 버리고 맙니다. 어쨌든 힘으로 관중을 유방에게서 빼앗은 항우는 자신을 왕들 중에 왕이라 하여 '초패왕'이라 부르게 하고, 유방에게는 '한왕'이라는 칭호를 주어 험하고 먼 한중 땅으로 보내 버립니다.

그렇다고 해서 포기할 유방이 아니었습니다. 그는 험난한 한중에서 한신을 대장군으로 삼아 군사들을 훈련시켰고, 널리 인재들을 모아 세력을 키워 나갔습니다. 그리고 마침내 항우에게 맞서 관중을 다시 평정한 후 항우와 패권을 다투게 됩니다.

이것이 바로 초(楚)와 한(漢)의 싸움입니다.

무릇 싸움은 힘으로만 하는 것이 아닙니다. 적의 눈을 속이는 전술이 필요하고, 이를 가능하게 하는 지혜가 있어야 하며, 무엇보다 백성의 마음을 얻어야 참다운 승리자가 되는 것입니다. 또 뛰어난 영웅 뒤에는 훌륭한 참모들이 있고, 그렇지 못한 영웅에겐 배신자만 있을 뿐입니다. 즉, 우리는 이 책을 읽는 동안 전쟁의 승패를 갈라놓는 열쇠는 힘이 아니라 지혜이며, 포용력이라는 것을 배우게 될 것입니다.

이 책에는 우리 삶에 필요한 처세술과 참다운 용기, 결단력, 그리고 번뜩이는 지혜가 들어 있습니다.

항우와 유방 이야기가 아무쪼록 우리 어린이들에게 뜨거운 감동과 함께, 활기찬 삶과 무한 상상의 나래를 펼칠 수 있는 기회가 되길 기원합니다.

2007년 12월 10일

성균관장 **최근덕**

차례

1 떠오르는 태양

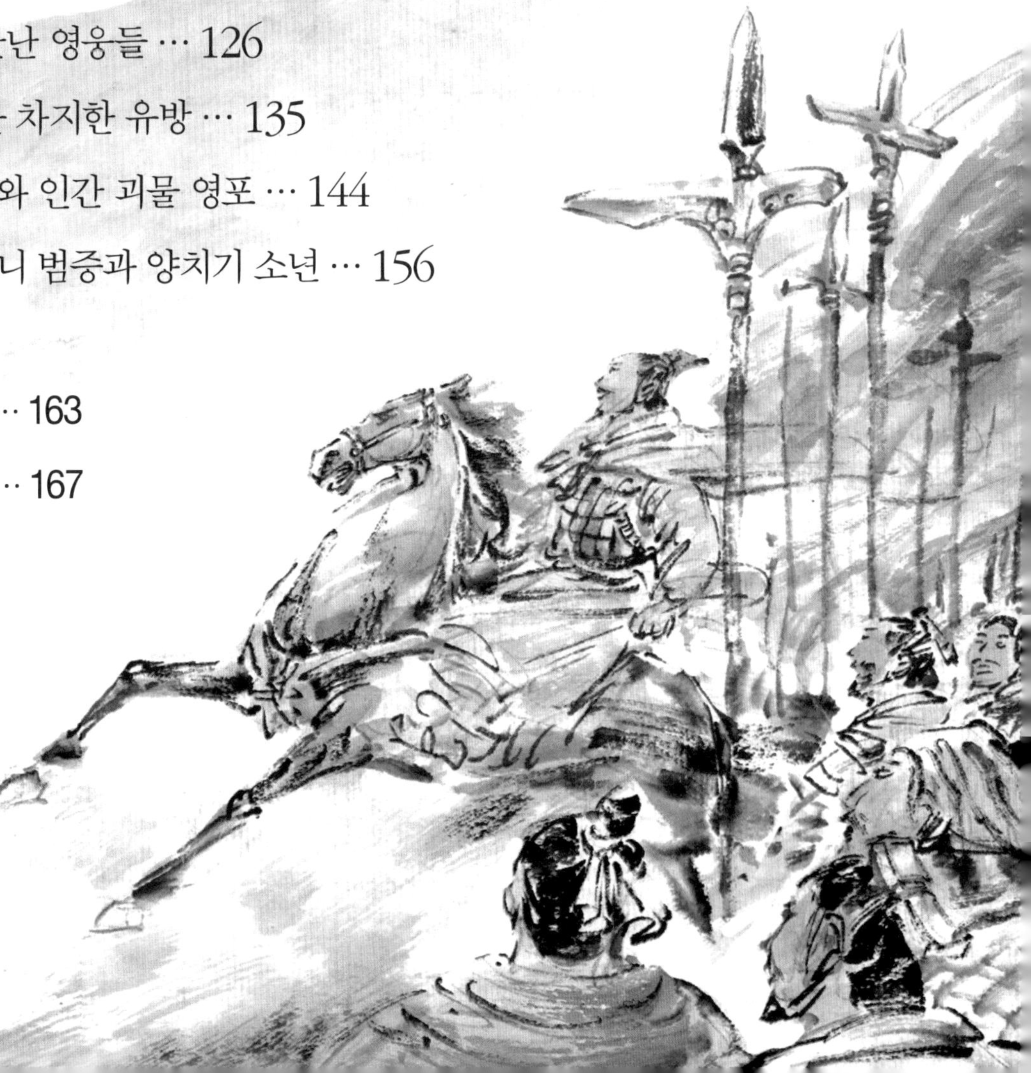

등장인물

항우項羽

이름은 적籍, 자는 우羽. 초나라 명문 귀족 출신. 숙부 항량에게 글과 검술, 병법을 배웠다. 진나라 말기, 각지에서 반란이 일어나 전국이 혼란에 빠지자 숙부 항량과 함께 군사를 일으킨다.

유방劉邦

패沛 땅 출신의 건달로 패현에서 하급관리로 일했다. 빼어난 용모와 다정하고 시원한 성격으로 사람들과 잘 어울렸다. 각지에 반란이 일어나 혼란하던 시절, 시황제의 토목공사에 차출된 백성들을 이끌다가 그들과 함께 군사를 일으킨다.

진시황秦始皇

전국시대 6국을 정복하여 중국 최초로 천하통일의 대업을 이루고 황제가 된다. 만리장성 등 무리한 토목공사를 벌여 백성을 고통 속으로 몰아넣었고, 분서갱유로 학자들을 구덩이에 파묻는 등 악정惡政을 펼쳐 백성들의 분노를 산다. 불로초를 구하여 불로장생하고자 하나 끝내 뜻을 이루지 못하고 죽는다.

여불위呂不韋

상인으로 큰 재산을 모았던 인물. 볼모로 잡혀 있던 자초子楚가 진나라 왕위에 오르는 데 큰 공을 세운다. 그 공로를 인정받아 승상(丞相)이 되는 등 최고의 권력을 가지게 되지만 시황제의 압박으로 끝내 자살하고 만다.

항량項梁

초나라 명문 귀족 출신으로 시황제의 순행을 지켜보며 초楚의 부흥을 꿈꾼다. 조카 항우와 함께 진秦에 대항해 싸우며 천하를 누비나 장한의 작전에 휘말려 초라하게 죽는다.

범증范增

일흔 살의 노인으로 항량·항우의 책략가로서 많은 전투를 승리로 이끌었다. 백방으로 유방을 없애려는 계책을 펼치다 장량의 계략에 빠진 항우로부터 내침을 당한다.

소하蕭何

패 땅 출신의 현리縣吏로 평민 편에
서서 일을 처리해 마을 사람들의 신
망을 한 몸에 받는다. 유방을 도와
군량미를 조달하고 군사를 모아 보
냈다. 천하통일의 일등 공신이다.

조참曹參

패현의 옥을 지키는 포졸이었
는데, 유방이 병사를 일으키자
곧바로 합류하여 통일 대업에
큰 활약을 하였다. 한나라 건국
후에는 평양후平陽侯로 책봉되
었다.

종리매鍾離昧

항량의 수하로 있다가 항우의
참모가 된다. 화술에 능하고 박
식하다. 문무를 두루 갖춘 용장
이다.

1

떠오르는 태양

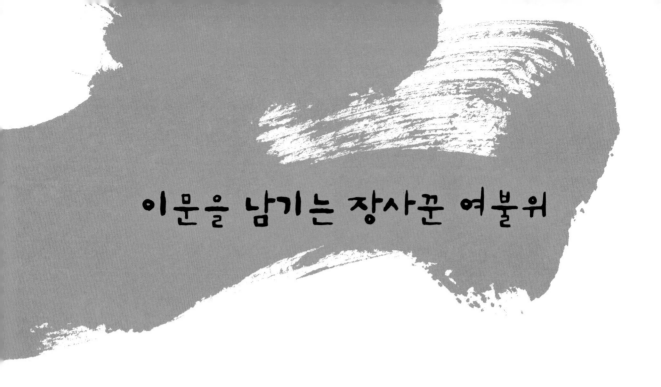

이문을 남기는 장사꾼 여불위

절대 권력자인 진나라 시황제(始皇帝)는 장양왕이
죽음으로써 열세 살 어린 나이에 진(秦)나라 왕위에 올랐으며,
서른아홉 살이 되던 해(BC 221년)에 한(韓)나라, 조(趙)나라,
위(魏)나라, 초(楚)나라, 연(燕)나라, 제(齊)나라 등 여섯 나라
를 정복하여 그야말로 천하통일의 대업을 이룩하였다.

시황제는 어려서부터 용맹하고 지략이 뛰어난 영웅의 자질을 갖추었
을 뿐만 아니라 사람들을 자기 편으로 끌어들이고 지도하는 리더십이 뛰
어났다.

그 자질은 부왕(父王)인 장양왕의 핏줄이 아니라 당대 지모가 출중했
던 대상인(大商人) 여불위(呂不韋)가 친아버지인 까닭일 것이었다. 이러

한 시황제의 출생 비밀을 아는 사람은 아무도 없었다. 여불위마저 밝히지 못하고 끝내 자신의 아들인 시황제에 의해 유배되어 독약을 마시고 목숨을 끊었기 때문이다.

여불위, 그는 본래 한(韓)나라 양적 땅 출신의 갑부로서 이웃 여러 나라에까지 이름을 떨친 큰 장사꾼이었다. 그는 타고난 장사 수완을 발휘하여 여러 나라를 왕래하며 귀한 물건을 사 두었다가 때가 되면 비싸게 되팔아 엄청난 부(富)를 쌓았다.

당시 여불위가 살고 있던 조(趙)나라에는 자초(子楚)라는 진나라 공자가 볼모(나라 사이에 침략하지 않겠다는 약속으로 잡아둔 사람)로 와 있었다.

자초는 진나라 소왕(昭王)의 손자이자 훗날 효문왕이 된 안국군의 아들이다. 안국군(安國君)은 스무 명이 넘는 아들을 두었는데, 자초는 그중의 한 명이었다. 자초의 나이 스무살 때, 진나라에 쳐들어 온 조나라 염파 장군은 진나라가 조나라와 전쟁을 일으키지 못하도록 자초를 볼모로 잡아갔다.

자초는 하루아침에 볼모가 되어 조나라 수도 한단에 있는 공손건 대장군 집에서 삼엄한 감시를 받으며 하루하루를 보내야 했다. 그는 비록 가진 게 없어 궁핍한 생활을 하고 있었지만, 진나라 왕족의 자긍심만은 잃지 않고 살았다.

어느 날 공손건이 자초와 함께 한단의 큰길을 지나가고 있었다. 그러자 진나라 왕손을 구경하기 위해 많은 사람들이 모여들었는데, 그 속에 장사꾼 여불위도 있었다. 소문으로만 듣던 자초의 행동거지를 유심히 살피던 여불위는 갑자기 무릎을 탁 쳤다.

"허허, 기막히고 진귀한 보물이다."

여불위 눈에는 모든 것이 장삿속으로 보이게 마련이었다. 그런 그였기에 자초를 보는 순간 단번에 '여느 물건'과는 다르다는 것을 직감적으로 느낄 수 있었던 것이다.

"아주 썩 좋은 물건이야. 어쩌면 출세와 부귀영화를 한꺼번에 얻어 낼 수 있겠군."

여불위는 혼잣소리를 중얼거리며 그길로 진나라 왕실의 내막을 자세히 알아보기 시작했다. 그리고 잘하면 차원이 다른 커다란 이문이 생기는 장사가 될 것이라고 생각했다.

수소문해서 알아본 진나라 왕실의 사정은 그야말로 여불위의 기대를 충족시키기에 충분했다.

병석에 누워 있는 소왕의 뒤를 이을 태자로는 안국군밖에 없었다. 안국군에게는 아들이 20여 명이나 있었지만, 정부인이나 다름없는 화양 부인과의 사이에는 아들이 없었다. 그렇다 보니 장차 20여 명이 넘는 서자들 중에서 누군가가 왕통을 이어야 했다. 이곳 조나라에 볼모로 잡혀 와 있는 자초도 그중 한 사람이었다. 그러나 자초의 생모인 하희는 안국군의 총애를 받지 못하고 밀려나 있었기 때문에 자초가 왕위를 잇게 될 가능성은 희박했다.

"됐다. 이건 잘만하면 한 나라를 주무를 수 있는 크나큰 장사가 되겠구나. 하하하."

여불위는 실성한 사람처럼 웃어 젖혔다.

여불위에게는 초나라에서 2백 냥을 주고 사들인 나이 어린 애첩 조희가 있었다.

타고난 장사꾼인 여불위는 문득 자초의 값어치와 조희의 값어치를 속으로 계산해 보았다. 아무래도 자초는 그 조희에게 비할 바가 아닌 진귀한 '물건'일 것 같다는 생각이 들었다.

'그 물건을 손에 넣어야 한다. 아무리 욕심나는 보석이라 할지라도 내 손에 있지 않으면 말짱 헛것이 아닌가.'

여불위는 만사 잊은 채 골똘히 생각에 빠졌다.

'그래, 자초를 어떡하든 내게 끌어들여 그 밑천으로 장사를 해보는 거다. 어떡하든 자초를 진나라로 귀국시켜 왕위에 오르게 해야 한다. 그렇게 하면 자초가 은인인 나를 어찌 모른 체하겠는가. 나는 자초를 등에 업고 진나라를 좌지우지하는 장사를 할 수 있을 것이다.'

하지만 이것은 목숨을 건 위험한 도박일 수도 있다. 잘못했다가는 자신은 물론 집안이 떼죽음을 당하는 화를 당하게 될 수도 있었다. 그 당시에는 왕위를 찬탈하다 잘못되면 일가친척 모두를 처형하는 법률이 있었던 것이다.

'위험이 따르지 않는 장사가 어디 있겠는가? 큰돈을 벌자면 더 큰 도박을 하는 길밖에 없다.'

여불위는 마음을 다져먹었다. 남자가 세상에 태어났으면 그깟 순간적으로 사라질지도 모를 돈 몇 푼을 벌기 위해 아등바등하는 것보다 세상을 가지는 장사를 하는 게 더 큰 가치 있는 일이라고 여긴 것이다.

"애, 조희야! 우리 큰 장사 한번 해보지 않으련?"

"장사야 나리께서 하시잖아요."

"하하하, 그렇지. 장사야 내가 하는 것이지만, 아무래도 이번 장사는 너의 도움이 필요할 것 같아서 하는 말이다."

여불위는 의미 있는 웃음을 한바탕 웃어 젖히며 앞으로의 계략을 머릿속으로 그려 나갔다.

쇠뿔도 단김에 빼라고 했던가. 여불위는 며칠 후 비단과 황금, 그리고 진귀한 보물들을 바리바리 싸들고 자초가 볼모로 잡혀 있는 공손건 대장군 집을 찾았다.

"제가 여러 곳을 돌아다니다 괜찮은 물건이 있어서 좀 가져왔습니다. 마음에 드실는지……."

원래 뇌물이라면 사족을 못 쓰는 대장군 공손건인지라 입이 함박만 하게 벌어졌다.

"아니, 이 사람, 우리 사이에 뭐 이런 인사치레가 필요한가."

"여러 나라를 돌아다니느라 자주 찾아뵙지 못해서 죄송한 마음 그지없습니다. 저로서는 대장군을 뵙는 것만으로도 영광입니다."

여불위는 공손건을 한껏 추켜세웠다. 공손건은 그러한 여불위가 오랜

친구나 되는 것처럼 끌어안기까지 했다.

그들은 곧 자초와 함께 술자리를 벌이게 되었다. 여불위는 술잔을 기울이며 자초의 사람 됨됨이를 하나하나 살폈다. 술잔을 건네며 격식 없이 대하고 보니 자초의 사람 됨됨이가 생각했던 것 그 이상으로 훌륭했다.

마침 공손건이 급한 볼일이 있어 자리를 비우자, 여불위는 기회를 놓치지 않고 자초 앞에 황금덩이를 내놓았다.

"귀하신 분이 타국에서 얼마나 맘고생이 심하십니까? 진나라 왕손이 이렇게 볼모로 잡혀와 있다는 소리를 듣고 전부터 못내 안타까워했습니다."

"……."

자초는 처음 무슨 영문인지 몰라 어리둥절해 하였다.

"어서 넣어 두시지요. 혹시 대장군이 보게 되면 좋아하지 않을지도 모르니……."

"무슨 이유인지는 모르겠으나 염치불구하고 받아 두겠소. 그런데 아무런 힘도 없는 나에게 이런 호의를 베푸는 뜻이 무엇이오?"

"여기서는 긴 말씀을 드릴 수 없습니다. 언제 한번 저희 집을 찾아 주시지 않겠습니까?"

"내 형편이……, 아무튼 그럴 수 있으면 그리하리다."

여불위가 자초로부터 방문하겠다는 약속을 받아 낼 무렵에 공손건이 들어왔다.

집으로 돌아온 여불위는 그날부터 자초가 찾아오기만을 기다렸다. 한번 물건의 값어치를 알고 나면 어서 그 물건을 사들이고 싶은 것이 장사

꾼의 속성이다. 여불위는 하루하루가 길게만 느껴졌다.

마침내 자초가 여불위를 찾아왔다. 여불위는 상다리가 휘어지게 술상을 차리고 자초를 극진히 모셨다.

"제가 장사치에 불과하지만 공자님을 크게 도울 수 있을 것 같아서 이렇게 청했습니다."

"저야 뭐, 볼모로 잡혀 있는 신세일 뿐인데……."

여불위는 진나라가 처한 궁 안팎의 사정이며 자초의 친어머니인 하희 부인의 처지와 안국군의 총애를 받아 정부인이 된 화양 부인에 대해 몇 가지 이야기한 후 곧장 본론으로 들어갔다.

"그러니까 공자께서 화양 부인의 아들이 되면 태자가 되는 것입니다."

여불위의 이야기를 듣고 있던 자초의 얼굴에 한 가닥 희망의 빛이 떠올랐다.

"공자님께서는 하루빨리 진나라로 돌아가셔서 아들이 없어 쓸쓸해 하는 화양부인을 어머님처럼 모셔야 합니다."

"그렇지만 이렇게 잡혀 있는 몸으로 어떻게 진나라로 돌아갈 수 있겠소?"

"그 일이라면 제게 맡겨 주십시오. 빠른 시일 내에 진나라로 가서 화양 부인과 안국군을 찾아뵙고, 공자가 귀국하면 반드시 태자로 세우겠다는 다짐을 받아 오겠습니다."

여불위의 말을 듣고 있던 자초가 자리에서 벌떡 일어나 넙죽 절을 했다. 여불위 또한 황망히 일어나 맞절을 했다.

그로부터 며칠 후 여불위는 자초의 편지와 진귀한 물건들을 바리바리 수레에 싣고 화양 부인이 있는 진나라 함양으로 떠났다.

여불위는 화양 부인을 만나기 위해 궁 안의 요소요소에 뇌물을 먹였다. 그리고 화양 부인을 만나게 되자 큰절부터 올렸다. 이런 일에는 군더더기나 절차가 필요 없었다.

"조나라에 계신 자초 공자님께서 이 몸으로 하여금 서신과 예물을 올려 달라고 하시기로 바치옵니다."

"자초가?"

화양 부인은 처음에는 의외의 표정을 짓더니 시녀에게 상자를 열게 했다. 상자에는 황금이며 구슬, 비단 등 궁중에서도 쉽게 구할 수 없는 보물들이 가득했으며, 편지도 있었다.

어머님을 곁에서 모시지 못하는 불효자 자초가 삼가 글을 올립니다. 몸은 비록 수천 리 이국땅에 볼모로 잡혀 있사오나 마음만은 항상 어머님 곁에 있습니다. 비록 낳아 주신 어머님은 아니지만 친자식처럼 길러 주신 은혜 한시인들 잊은 적이 없으며, 어머님의 고우신 모습을 떠올릴 적마다 그리움에 눈물이 앞을 가립니다.

화양 부인의 편지를 든 손이 떨리더니 이어 어깨도 떨었다. 자초가 그렇게도 자신을 생각하고 있다니……. 그렇지 않아도 아들이 없어 늘 허

전함을 달랠 수 없던 나날이었다. 문득 자초를 들여 태자로 삼는다면 말년까지 행복하게 살 수 있을 것 같은 예감이 들었다.

화양 부인으로부터 이 일을 알게 된 안국군은 여불위를 불러들여 자초를 구출할 방법을 물었다.

"자초 공자를 구하는 일이라면 무슨 짓이든 다 하겠지만, 진나라에서도 약조해 주셔야 할 것이 있사옵니다."

"약조라니?"

"자초 공자를 화양 부인의 적자(嫡子, 정실 아내가 낳은 아들)로 삼으시고 장차 세자로 삼으시겠다는 증표를 주셔야 합니다. 그래야 탈출하겠다는 자초 공자의 의지가 굳어질 것입니다."

"자초가 올 수 있다면 내 그리하겠소."

여불위는 안국군으로부터 태자 책봉에 관한 증표와 탈출에 필요한 황금까지 받아 무사히 조나라로 돌아왔다.

여불위로부터 그동안 있었던 일들을 들은 자초는 뛸 듯이 기뻐했다. 그리고 그날은 여불위의 집에서 여불위의 애첩 조희의 술 시중을 받아 가며 취하도록 마셨다. 그러다 보니 자초는 조희의 타고난 아름다움에 마음이 이끌려 여불위에게 조희와 결혼할 수 있는지를 물었다.

여불위는, 조희가 자기의 애첩이면서도 시치미를 뚝 떼고 태연스레 말했다.

"그렇잖아도 조희의 나이가 차서 어디 혼처가 없나 하고 찾던 중이었지요. 비록 친자식은 아니라 해도 섭섭지 않게 혼례를 치러 주려던 참이었습니다. 공자님이라면 여부가 있겠습니까? 이제야 애써 키운 보람이 왔나 봅니다.”

여불위의 말에 자초는 막혔던 가슴이 확 뚫리는 것 같았다. 지금 심정으로는 진나라에 돌아가 안국군의 적자가 되는 것도 중요하지만, 조희를 얻는 것 또한 그에 못지않은 기쁨이었다.

자초를 돌려보낸 여불위는 조희의 방으로 갔다.

“내 긴히 할 말이 있는데, 어떤 일이 있어도 내 말에 따라야 하느니라.”

"여부가 있겠습니까? 목숨을 버리라는 말씀만 아니시라면 무슨 일이든 따르겠습니다."

여불위는 못내 서운함을 억누르며 이야기를 꺼냈다.

"내 차마 못 할 말이다만, 자초 공자께서 너와 결혼하고 싶다 하시는구나."

그러자 조희의 얼굴색이 갑자기 하얘지더니 손으로 얼굴을 감싸고 서럽게 울먹였다.

"아니 되옵니다, 나리. 소첩은 지금 나리의 아이를 가졌사옵니다. 이 몸으로 어찌 다른 남자와 결혼할 수 있겠습니까?"

여불위는 쇠몽둥이로 뒤통수를 맞은 것 같은 충격을 받았다. 아뿔싸, 지금까지 치밀하게 꾸며 온 큰 장사가 송두리째 날아가는 판국이었다.

그때 여불위의 머릿속에 기발한 생각이 번개처럼 스쳤다.

"아이를 가진 지 얼마나 되느냐?"

"두 달이옵니다."

본시 장사란 위기에서 더 큰 기회가 오는 법이다.

"너는 공자를 따라가 아이를 낳거라. 너는 이제 왕후가 되느냐 마느냐의 갈림길에 서 있다. 아이를 가졌다는 것은 우리 둘만 아는 사실이니 절대로 발설해서는 안 된다. 그리고 너는 자초 공자에게 시집을 가서 꼭 아들을 낳아야 한다."

여불위의 설득에 조희도 더 이상 고집을 부리지 않았다. 아니 어쩌면 자신이 한 나라의 왕후가 된다는 말에 솔깃하기까지 했다.

다음 날 여불위는 대장군 공손건을 찾아가 자초 공자와 조희의 혼인을 허락받아 낸 후 곧바로 날짜를 잡아 성대한 혼인 예식을 올렸다.

이듬해 정월(1월), 조희는 아들을 낳았으며 이름을 정(政, 후일의 진시황)이라 했다.

'이제 남은 것은 이 조나라를 탈출하는 것이다.'

자초의 탈출 계획을 세운 여불위는 아무도 눈치 채지 못하게 집의 재산을 정리하기 시작했다. 그런 후 날을 잡아 자초와 공손건을 집으로 초대해 성대한 잔치를 베풀었다.

"오늘은 특별한 날이니 대장군과 공자께서는 마음껏 들고 즐기십시오."

여불위는 대장군의 호위병들에게도 푸짐한 술상을 봐 주고 그럴 듯하게 말을 꾸몄다.

"오늘 대장군께서는 여기서 주무시고 가실 것이니, 호위할 걱정은 말고 술이나 맘껏 들고 일찍들 집으로 돌아가게."

오랜만에 잘 빚은 술과 고기 맛을 본 호위병들은 술에 취해 일찌감치 모두 집으로 돌아갔다.

몇 년을 준비한 절호의 기회였다.

"공자님, 지금 빨리 이곳을 빠져나가야 합니다."

여불위가 재촉했다.

그리고 술 취해 자고 있는 공손건에게는 황금 6백 근이 든 궤를 머리맡에 남겨 두고, 그곳을 떠나 밤낮으로 수레를 몰아 국경을 넘었다. 볼모로 잡힌 지 7년. 자초은 마침내 조나라를 탈출하여 진나라의 수도 함양에 도착했다.

안국군과 화양 부인은 기뻐서 어쩔 줄을 몰라 했다. 화양 부인은 자초를 아예 아들이라고 불렀다.

그 뒤 얼마 지나지 않아 병석에 누워 있던 소왕이 죽고, 안국군이 왕이 되었으며 화양 부인을 왕후로 삼았다. 그가 바로 효문왕인데, 그는 약속대로 자초를 태자로 책봉하였다.

그런데 안국군은 즉위한 지 1년 만에 죽고 말았다. 자연히 태자 자초가 대(代)를 이어 즉위하니, 그가 바로 장양왕이다.

장양왕은 여불위의 은혜를 잊지 않았다. 그를 승상(정승)으로 삼고, 문신후에 봉했으며, 10만 호(집)의 식읍(食邑, 공신에게 세금을 받아 쓰게 하던 고을)을 주었다.

이제 여불위는 한낱 장사꾼에서 한 나라를 좌지우지하는 승상이 되어 있었다. 더욱이 태자 정의 실제 아비가 아닌가! 실로 그의 권력은 어느 누구도 가로막을 수 없었다.

그런데 장양왕이 즉위한 지 3년 만에 죽고 말았다. 그리고 그 뒤를 이어 이제 겨우 열세 살인 태자 정이 왕위에 올랐다.

아버지를 일찍 여윈 정은 자기의 스승이기도 한 여불위의 직위를 더욱 높여 상국(上國)으로 삼고, 중부(仲父, 아버지 다음가는 분)라 불렀다.

폭군의 나라

 열세 살 어린 나이에 왕이 되어 서른아홉 살 때, 즉 16년이라는 짧은 기간에 중국 역사상 최초의 통일 국가 설립한 진나라 왕인 정의 명성은 하늘을 찌를 듯했다.

"나는 보통 왕과는 다르다. 천하를 통일한 나에게 왕이라는 칭호는 어울리지가 않는다."

교만해진 정이 이렇게 투덜대고 있을 때, 눈치 빠른 어느 신하가 아뢰었다.

"그럼 '천자(天子)'라 하심이 어떠하오리까?"

"음, '천'은 괜찮은데 '자'가 마음에 들지 않는군. 나의 공(功)은 능히 옛날의 '삼황'을 뛰어넘고, 덕(德)은 '오제'를 앞지르는데, 마땅한 이름 하나

찾지 못하다니 말이 되겠느냐?"

'삼황(三皇)'이라 함은 중국 고대 전설에 나오는 가장 위대했던 세 임금(천황씨·지황씨·인황씨, 또는 수인씨·복희씨·신농씨)을 가리키는 말이고, '오제(五帝)'라 함은 고대 중국의 유명한 다섯 성군(聖君, 소호·전욱·제곡·요·순)을 일컫는 말이었다.

정은 말을 마치기가 무섭게 무릎을 탁 쳤다.

"그래! 삼황의 '황(皇)'과 오제의 '제(帝)'를 따서 '황제'라 부르도록 하라."

이렇게 스스로를 첫 번째 황제라는 뜻으로 '시황제'라 칭하고, 대를 잇는 자손은 '2세 황제', '3세 황제'로 부르도록 명령했다.

"하하하, 짐을 이제부터 시황제라 부르라!"

또 과거의 왕들이 자신을 가리켜, 덕이 부족한 사람이라는 뜻으로 '과인'이라 부르던 것을 '짐'이라는 새로운 말로 바꿔 불렀다.

전국을 통일한 시황제는 이전의 봉건제도(여러 제후가 땅을 다스리던 국가 조직)를 폐지하고, 전국을 36개 군으로 나눈 후 군(郡) 밑에 현(縣)을 두는 군현제도를 실시했다.

이들 군과 현은 중앙에서 파견한 관리(행정장관, 군사령관, 감찰관)가 직접 통치하도록 했다. 즉, 전국을 자신의 권력 안에서 효율적으로 움직이게 하기 위함이었다.

"모든 것은 법(法, 백성이 지켜야 할 온갖 규칙)대로 하겠노라!"

"법대로 하신다니 법이 대체 무엇입니까?"

아첨하는 신하의 물음에 시황제는 잘라 말했다.

"짐의 말이 곧 법이다!"

시황제는 왕이든 귀족이든 아랑곳하지 않고 자신의 명령에 복종하게 했다. 시황제을 부추기며 손발처럼 움직이는 신하는 승상인 이사와 환관인 조고였다.

이사는 시황제의 법을 백성들로 하여금 철저하게 이행하도록 했으며, 조고는 시황제를 그림자처럼 따라다니며 관리들을 감독했다. 시황제의 명령을 어기는 자의 목은 지위를 막론하고 한칼에 날아갔다.

시황제는 제도를 개혁하는 일에도 박차를 가했다. 먼저 조세(세금)를 거둬들이는 데 공평을 기하기 위해 도량형(길이, 양, 무게 등을 재는 자, 되, 저울 등의 기구)을 통일시켰다. 뿐만 아니라 문자(文字)도 간략한 예서체로 통일했다. 그리고 군대의 이동과 교역(물건을 사고팖)을 활발하게 하기 위하여 길을 닦는 토목공사를 대대적으로 벌였다.

어느 날 시황제가 신하에게 명령했다.

"전국에 있는 부자들을 이곳 함양성으로 옮겨 와 살게 하라! 그리고 2백 리에 걸쳐 궁전과 누각 270동을 짓게 하고 복도와 통로를 연결토록 하라!"

궁을 지으라는 명령을 내린 것이다.

시황제는 부자들이 낸 세금으로 서울 함양에 '아방궁(호화로운 궁전)'을 짓기 시작했다. 동원된 백성들만 해도 70만 명, 백성들에게는 큰 곤욕이 아닐 수 없었다.

하지만 중국을 통일하고 스스로 황제라 칭한 시황제에겐 거칠 것이 없

었다. 입만 벙긋하면 모든 일이 척척 진행되었다.

거대한 궁전에는 각 지방에서 뽑아 올린 내로라하는 미녀 3천여 명이 시황제만을 항시 기다렸다. 시황제는 미녀들과 어울려 허랑방탕한 생활에 젖어 들었다.

강제로 끌려와 노역에 시달리던 백성들은 부지기수로 죽어 나갔다.

"아이고, 이 길을 닦으면 또 저 산을 깎아야 하고, 이 다리를 놓으면 또 다른 다리를 놓아야 하니……."

노역에 동원된 백성들은 흙을 나르고 돌을 굴리면서 한숨만 뿜어냈다.

"뭘 꾸물거리느냐?"

감시관이 휘두르는 채찍에 노역자들은 비명조차 지르지 못하고 픽픽 쓰러졌다. 돌 밑에 깔리고 칼에 맞아 죽어 넘어지는 자들도 헤아릴 수 없이 많았다. 한번 노역장에 끌려온 그들은 감히 고향에 돌아갈 엄두조차 내지 못한 채 절망의 늪에서 허우적거렸다.

"고향을 떠나올 때 부모님이 뭐랍디까?"

"부디 살아서 돌아오라고만 했소."

"허, 어쩜 나랑 그렇게 똑같소. 곧 아이를 낳을 마누라도 꼭 살아 와야 된다고 눈물로 당부합디다. 어디 이래서야 고향 문턱인들 밟을 수 있겠소?"

"오늘도 공사 중에 흙더미에 깔려 수십 명이 죽었다오."

백성들은 감시의 눈길을 피해 이런저런 푸념을 늘어놓는가 하면 먼 하늘을 바라보며 눈물짓기도 했다.

그러나 시황제는 백성들의 고통을 외면한 채 자신의 부귀영화에만 눈이 멀어 있었다.

"짐은 죽어서도 천하를 호령하리라!"

어느 날 시황제가 환관 내시인 조고를 불렀다.

"짐은 죽어서도 천하를 다스릴 것이니 오늘부터 여산 땅 밑에 황궁과 똑같이 짐의 무덤을 만들도록 하라!"

환관 조고는 내심 당황하면서도 즉시 이 법을 시행하도록 명령했다.

그날부터 시황제의 무덤이 만들어지기 시작했다.

"황제가 죽을 날이 멀지 않았나 보군. 죽으려고 머리가 어찌 된 것이 아닐까?"

백성들은 이제 노골적으로 시황제를 향해 적대감을 드러내기 시작했다.

"쉿, 누가 들으면 어쩌려고?"

"자넨 목이 둘인가? 그렇게 입을 놀리다간 뼈도 못 추릴걸."

"뭐, 어차피 우린 죽은 목숨이 아닌가!"

무덤 만들기에 동원된 백성들은 살아서 돌아간다는 생각을 저버린 지 이미 오래였다.

시황제의 능은 높이 4백 자에 길이 2천 자나 되는 2단 봉분으로, 바깥 성을 쌓고, 또 안에다 성을 쌓은 어마어마한 규모였다.

시황제의 학정과 토목공사로 인해 각 지방에서는 불만 섞인 백성들의 원성이 들끓어 갔다. 이대로 가다가는 금방이라도 반란이 일어날 분위기였다. 그 불만 세력을 조종하는 자들은 유교 학자들이었다. 승상 이사는 이들을 그대로 내버려둘 수 없다고 생각했다.

어느 날, 승상 이사가 시황제 앞에 나아가 입을 열었다.

"황제 폐하! 자칭 선비라는 자들이 백성을 선동하여 불미한 사상을 퍼뜨릴 뿐만 아니라 황제 폐하를 비웃고 헐뜯으니 그 무례한 자들을 처벌하옵소서. 또한 그들이 읽고 배우는 책 또한 백해무익하오니 없애야 할 것입니다.."

"책을 없애고 선비들을 처벌하라고?"

"예, 폐하. 그렇지 않으면 나라 안이 시끄러워질 것이옵니다."

"책을 모두 없애란 말이냐?"

"아닙니다. 백성들이 살아가는 데 필요한 책은 내버려두시옵소서."

시황제는 이사가 간하는 말이 옳다고 생각했다.

'까짓, 학문이라는 것은 사람이 아프지 않고 농사지을 정도면 충분하다. 그깟 성인들이 지은 경전이 무슨 소용이람.'

시황제는 곧 명을 내렸다.

"지금 당장 의학과 농학, 그리고 복서(길흉을 알아보는 점 책)를 제외한 모든 책들을 거둬들여 불사르라! 또 우리 진나라를 언급하지 않은 역사책이 있거든 그것도 찾아서 함께 태워라! 그리고 특히 눈꼴사나운 선비라는 것들도 가려내서 처형토록 하라!"

환관 내시 조고가 이를 맡아 시행했다.

그 일은 시황제의 큰아들 부소에게도 크나큰 충격이었다. 부소는 아버지 시황제가 힘으로 누르는 정치보다는 덕을 베푸는 정치에 힘쓰기를 바라고 있었다.

아무 죄 없는 선비들까지 죽음으로 내몰리라고 어찌 꿈엔들 생각했으랴. 부소는 여러 날의 고민 끝에 황제에게 직접 간언키로 했다.

　"폐하, 백성들을 가르치는 책을 불사르고 책을 짓는 선비들을 죽인다면 백성들이 어찌 보겠습니까. 그 일만은 거두어 주옵소서."

　그러나 시황제는 눈물 어린 큰아들의 간청에도 아랑곳하지 않았다. 오히려 노발대발 아들을 꾸짖어 내쫓았다.

　"네 놈도 헛바닥을 나불거리는 걸 보니 먹물이 단단히 든 모양이로구나.

내 앞에서 썩 물러나거라, 이놈!"

　그래도 부소가 간곡히 그 일만은 말아 달라고 매달리며 간청하자, 시
황제는 아들 부소를 멀리 만리장성을 쌓는 국경 수비대의 몽염 장군에게
보내 감독관을 삼게 했다.

　부소는 자신과 백성들의 심정을 몰라주는 황제가 원망스러웠지만, 그
의 뜻을 거스를 수는 없었다. 그는 황제이기 이전에 자신의 아버지였던
것이다.

"아, 아버지는 땅덩이보다 더 귀한 백성들의 마음을 저버리시는구나!"

부소는 탄식하며 흉노족들이 자주 침범한다는 국경으로 향하였다.

궁궐 앞 광장에는 전국에서 끌어 모은 책들과 문서들이 산더미처럼 쌓였다. 시황제는 그 책들을 불을 놓아 태워 없애게 했다. 온 하늘을 뒤덮은 연기와 불길은 수십 일 동안 타올랐다.

또 시황제는 전국에서 잡혀 온 유교 선비들을 사정없이 내몰아 형벌을 가했다. 그중 평소 아니꼽게 여겨 온 선비 460여 명은 산 채로 구덩이에 파묻어 죽였다.

이 사건이 바로 책을 불사르고 선비들을 구덩이에 파묻어 죽인 '분서갱유(焚書坑儒)'인 것이다.

"선비가 학문에 힘쓰지 않으면 이 나라가 어찌 될 것인가?"

"나라가 곧 망할 징조겠지."

이 광경을 멀리서 지켜보던 뜻 있는 선비나 관리들이 눈물을 흘리며 저마다 한마디씩 했다.

불로초를 구하는 시황제

하지 못할 일이 없을 정도의 권력을 손에 쥔 시황제의 머릿속에 갈수록 불안한 그늘이 드리워져 갔다. 그것은 바로 자신이 늙어 간다는 것, 그리고 죽을 수밖에 없다는 것이었다. 그래서 시황제는 더욱 술과 여자에 빠져 들었다.

그러나 아무리 좋다고 하는 명약의 효험도 나이가 들면서는 예전과 같지 않았다.

시황제는 자신이 죽지 않고 영원히 살 수 있는 방법에 골몰했다. 그래서 신선의 술법을 닦는다고 하는 자칭 도사들을 끌어들였다. 그들은 늙지도 않고 죽지도 않을 불로장생(不老長生)약을 구해 바치겠노라고 장담했다. 사람이 먹으면 늙지 않는다는 불로초가 동쪽 바다에 있는 섬의 봉래산에 있다고 했다.

"불로초를 구하기 위해서는 사내아이와 여자 아이[동남동녀; 童男童女] 3천 명이 배를 타고 가야 합니다."

시황제는 이렇게 말하는 노생이라는 방사의 말을 듣고 서복을 시켜 불로초를 구해 오게 했다. 그런데 그가 떠난 지 1년이 지났는데도 아무런 소식이 없었다.

"서복은 왜 아직 소식이 없느냐?"

"틀림없이 때가 되면 불로초를 구해 가지고 돌아올 것이옵니다. 황제 폐하, 그런데……."

노생은 말을 더 할 듯하다가 머뭇거렸다. 시황제는 어려서부터 태산에서 수십 년간 신선의 도를 닦았다고 한 노생에게 빠져 있었다.

"왜 빨리 말하지 않고 무얼 망설이느냐?"

"그럼 말씀드리겠습니다. 신선들의 뜻에 따르면 도를 얻기 위해서는 세속에 물든 사람들을 가까이해서는 안 된다고 했습니다."

"도를 얻으면 어찌 되느냐?"

"세상 모든 것을 초월하여 물에 들어가도 물이 묻지 않고, 불에 들어가도 타지 않으며, 생각하는 바가 구름처럼 높아 천지가 있는 한 영원히 살아 있는 사람이라 하옵니다."

시황제의 눈이 번쩍 떠졌다.

"그렇다. 짐이 바로 그렇게 되고 싶다. 그런데 사람을 가까이하지 말라

니……, 대체 어떤 사람을 말하는 것이냐?"

노생은 나름대로 생각하는 바가 있었다. 혹시 어떤 신하가 '노생은 사기꾼이니, 사기꾼을 내치시오.'라고 시황제에게 간언이라도 하는 날에는 자기는 그날로 죽을 것이었다. 이를 미연에 방지하기 위해서라도 시황제와 신하들을 떼어 놓아야 했다.

"황제 폐하, 소인의 말은 모든 사람들과 관계를 끊으라는 말이 아닙니다. 폐하가 즐기기 위한 여자들은 상관이 없고 다만 신하들을 만나되 꼭 필요한 신하만 가려서 만나실 것을 말씀드립니다."

"승상 이사는?"

"되도록이면 피하십시오. 국정은 서류로 하시고, 중거부령 조고는 환관인지라 남자라 할 수 없으니, 그를 통해 폐하의 명을 하달하는 것이 좋을 듯합니다."

"그래?"

시황제는 가슴을 쓸어내렸다. 무엇보다도 여자를 금하지 않아도 된다니 천만다행이었다.

"폐하, 그리고 또 한 가지 중요한 일은 폐하가 거처하시는 곳을 사람들이 알게 해서는 안 됩니다. 처음엔 힘들겠지만 그것이 시행되는 날에야 비로소 서복이 돌아와 불로장생의 약을 얻으시게 될 것입니다."

"서복이 돌아올 것이라고?"

"예, 폐하!"

"좋다. 노력하여 꼭 불로장생약을 꼭 얻을 것이다!"

그 뒤로 시황제는 행차 시에 자신의 거처를 누설하는 자는 사형에 처한다는 엄명을 내렸다.

세월이 흘렀다. 이성적이었던 시황제의 판단의식은 날로 흐려지고 있었다.

노생은 시황제가 앞으로 오래 살지 못하리라는 것을 짐작하고 있었다. 그가 보는 시황제의 얼굴에는 죽음의 검은 그림자가 독버섯처럼 돋아나고 있었다.

시황제는 시간이 지날수록 노생을 더욱 자주 찾았다. 그러고는 어서 빨리 서복을 데려오거나 죽지 않을 약을 구해 오라고 독촉했다.

이제 노생은 초조함을 넘어 서서히 공포를 느끼기 시작했다. 시황제가 죽기 전에 자기가 먼저 시황제의 손에 죽게 될 것 같았다. 이제 길은 하나밖에 없었다. 그것은 도망치는 것이었다.

그래서 어느 날 노생은 자기가 거느리고 있는 여러 부하들을 불러 놓고 말했다.

"자네들은 인간이 영원히 죽지 않고 살 수 있다고 믿느냐?"

"……"

"나는 살 수 있다고 믿는다. 시황제는 보통 사람과 다르니까, 시황제가 황제라고 하는 교만함과 포악성을 버린다면 도를 얻게 될 것이다. 그래서 나는 지금 불로장생약을 구하기 위해 신선을 찾아 떠나겠다."

노생은 그 말을 하고는 훌쩍 떠났다.

하루가 지나지 않아 시황제로부터 노생을 찾는다는 전갈이 왔다. 그러

자 여러 사람들이 노생의 말을 그대로 전했다.

"그놈이 도망쳤구나."

시황제는 충격이 큰 듯 자리에서 벌떡 일어서며 불같이
화냈다.

"전국에 수배하여 당장 잡아들여라. 그놈이 갈 만한 곳이라면 산속까지 샅샅이 뒤져라."

그러나 며칠이 지났는데도 노생은 잡히지 않았다. 시황제는 노생이 사라진 데는 불로장생약을 구하기 위한 그럴 만한 이유가 있을 것이라고 스스로 자신을 위로하기로 하였다.

겨울로 접어든 어느 날이었다. 시황제는 꿈을 꾸었다. 꿈속에 서복이 나타났다.

"네 이놈, 아직도 불로장생약을 구해 오지 않고 어디서 무엇을 하고 있단 말이냐?"

시황제가 호통을 쳤다. 그러자 서복이 입을 열었다.

"폐하, 봉래산에는 틀림없이 불로초가 있사옵니다만, 소신은 아직 그곳에 다다르지 못하고 있사옵니다."

"떠난 지가 언제인데 아직까지 그곳에 가지 못했다니 말이 되느냐?"

"가는 뱃길을 큰 물고기가 가로막고 있기 때문입니다. 그러하오니 큰 활을 가진 명궁수를 보내 주옵소서. 그리하면 큰 물고기를 물리치고 불로초를 구해 오겠나이다."

"그렇다면 짐이 직접 활을 들고 가겠노라."

시황제는 큰 활을 들고 서복과 함께 배를 타고 바다 한가운데로 갔다. 그러자 번쩍이는 비늘로 뒤덮인 험악한 인간 모습을 한 큰 물고기가 나타났다. 시황제는 그를 향해 화살을 날리다가 꿈에서 깨어났다.

전신이 식은땀으로 흠뻑 젖어 있었다.

시황제는 즉시 꿈 풀이를 해 주는 사람을 불렀다.

"폐하께서 본 큰 물고기는 바로 물을 지키는 수신(水神)입니다. 수신은 결코 자기의 모습을 드러내지 않고 큰 물고기나 용, 교룡으로 변신하기도 합니다. 소신이 생각컨대 폐하께서 아직 불로장생 약을 얻지 못함은 바로 수신이 훼방을 놓기 때문일 것입니다. 수신을 퇴치해야 하옵니다."

"어떻게 퇴치한단 말이냐?"

"아뢰옵기 황송하오나 폐하께서 이참에 남쪽 바닷가로 순행(巡行, 여러 곳을 다님)을 떠나심이 좋을 듯합니다."

"오호, 그렇다면 짐이 순행을 떠나야겠구나."

시황제는 불안한 마음을 가누지 못하고 또다시 점치는 사람을 불러 점을 치게 했다. 점괘는 '밖으로 떠나면 좋다'고 나왔다.

시황제는 순행 준비를 서두르게 했다. 그렇지만 시황제의 순행은 백성들에게 큰 곤욕이 아닐 수 없었다. 준비 또한 만만치 않았다.

그 당시 백성들은 만리장성 공사, 도로 공사, 아방궁 공사, 수릉 축조 공사 등 수많은 대형 토목사업에 동원되었다. 민심은 더욱 흉흉해져 갔다.

변방에는 반란의 기세까지 있다고 했다. 때문에 이번 순행에는 시황제의 안전에 온 힘을 기울여야 했다.

황제가 탈 수레를 온량거라 했는데, 온량거는 궁전의 방처럼 호화롭게 꾸미고 창문을 자연스럽게 여닫을 수 있을 뿐만 아니라 온도까지 조절할 수가 있었다.

온량거는 세 대를 준비하도록 했다. 세 대의 온량거를 준비하게 한 것은 시황제가 어느 온량거에 타고 있는지를 숨겨야 했기 때문이었다. 그래서 겉모양새와 치장도 똑같아야 했다. 시황제는 정월에 순행할 것을 명했다.

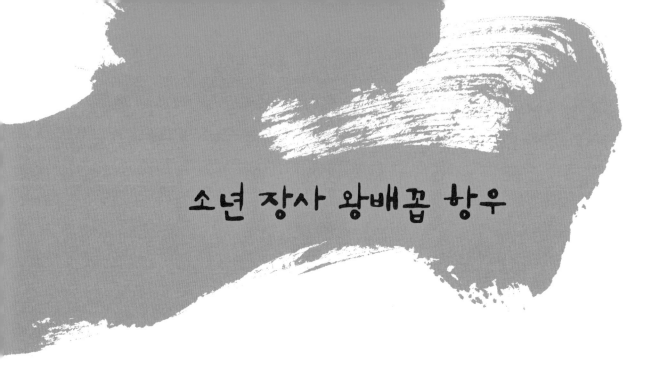

소년 장사 왕배꼽 항우

시황제가 천하통일을 이루기 전 양자강 아래 지역은 초나라, 오나라, 월나라로 나뉘어져 있었는데, 이들은 같은 민족으로 강남 사람들이라 불렀다.

강북의 한족(漢族) 사람들은 끈질기고 이성적이었다. 반면 강남 사람들은 성격이 급해 기세가 오르면 물불을 가리지 않고 용맹을 떨치지만, 오래 참질 못해 한번 기가 꺾이면 쉽게 나가떨어졌다.

중국 대륙의 서북쪽 진나라는 일찌감치 쇠로 만든 철기 무기를 생산하면서 강남을 쉽게 정복했다. 그런데 초나라가 멸망할 때 끝까지 나라를 지키기 위해 싸운 사람 중에 항연 장군이라는 사람이 있었다.

항(項) 씨 가문은 초나라 대대로 장군을 지낸 명문이었다. 항연 장군에

게는 항배과 항량이라는 아들이 있었다.

항량은 문무(文武, 학식과 전략)가 뛰어나 아버지인 항연을 이어 장군이 되고도 남을 재목이었다. 하지만 항량은 아버지 항연이 전쟁에서 죽고 나라가 망하자 쫓기는 몸이 되어 조카인 항우(項羽)를 데리고 오중이란 곳으로 피할 수 밖에 없었다.

항량은 오중에서 어려운 자들을 돕는 일에 힘썼다. 고을의 공사나 장례의식에도 발 벗고 나섰다. 그러자 오중의 유력인사들이 항량의 사람됨에 감복하여 그를 지도자로 받들었다.

항량은 조카 항우에 대한 애정이 남달랐다. 항우가 일찍 아버지를 여의는 바람에 자기가 자식처럼 돌보아 키웠기 때문에 아버지와 같은 애정을 갖고 있었다.

항우는 초나라가 망하기 11년 전에 태어났다. 본명은 적(籍), 자(字)는 우(羽)라고 하였다.

항우는 어려서부터 사내다운 기질이 넘쳐 났다. 유달리 큰 체구에도 불구하고 몸놀림이 재빨랐으며 기운은 천하장사였다.

"우야! 저 마당가에 있는 바위를 어떻게 해보아라. 발에 걸려서 성가시구나."

하루는 항량이 항우를 불러 마당가에 불쑥 솟아 있는 바위를 가리켰다.

"예, 숙부님!"

열세 살밖에 안 된 항우는 바위 쪽으로 걸어가 두 손바닥으로 바위를 잡더니 이리저리 움직여 보았다.

처음에는 옴짝달싹도 하지 않던 바위가 조금씩 흔들렸다.

바위는 쉽게 뽑힐 것 같지 않았다. 그러나 항우는 물러나지 않았다. 그렇게 온종일 바위와 씨름하던 항우는 기어이 그 바위를 뽑아내고야 말았다. 항량은 그러한 항우를 보고 놀란 표정을 지었다.

'흠, 녀석, 보통 장사가 아니구나!'

숙부 항량은 대견한 듯 바라보며 감탄했다.

항우는 힘도 셌을 뿐만 아니라 시력 또한 남달랐다. 그러나 힘으로 하는 일에는 어느 장정도 당해 낼 수 없었지만, 글공부는 머리를 감싸 쥐며 고개를 절레절레 흔들었다.

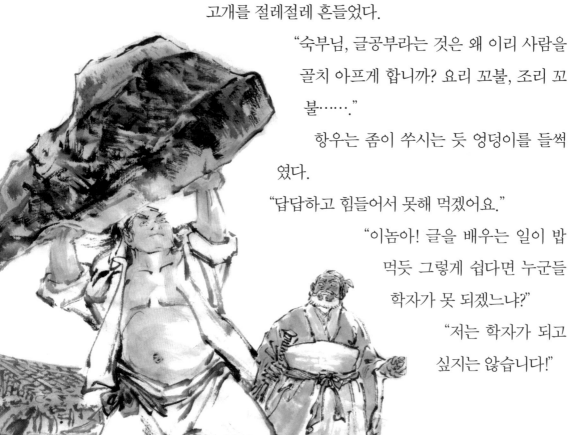

"숙부님, 글공부라는 것은 왜 이리 사람을 골치 아프게 합니까? 요리 꼬불, 조리 꼬불……."

항우는 좀이 쑤시는 듯 엉덩이를 들썩였다.

"답답하고 힘들어서 못해 먹겠어요."

"이놈아! 글을 배우는 일이 밥 먹듯 그렇게 쉽다면 누군들 학자가 못 되겠느냐?"

"저는 학자가 되고 싶지는 않습니다!"

"그래도 훌륭한 사람이 되기 위해서는 알아야 할 학문은 익혀야 하는 법이다. 아무리 무예가 출중하더라도 학문을 배우지 않으면 학문을 아는 자의 밑에 들어가는 수밖에 없다."

항우는 울며 겨자 먹기로 숙부에게 글을 배웠다. 하지만 얼마 못 가 결국 두 손을 들고 말았다.

"더는 배우고 싶지 않습니다. 제 이름 석 자만 쓸 줄 알면 사내대장부로서 족하다고 생각합니다!"

이렇게 항우는 제 이름자 쓰는 정도로 글공부를 끝냈다.

어느 날, 항량은 항우를 조용히 타일렀다.

"학문을 익히기는 글렀고, 검술이나 배워라. 어쩌면 검술이 너에게는 적절한 공부가 될 것 같구나."

"좋습니다."

항우는 기뻤다. 남아도는 팔 힘을 어디에 쓸까 하고 궁리하던 중이었는데 마음에 쏙 들 것 같은 일이 생긴 것이다.

그날로 항우는 책을 방구석에 밀어 놓고 숙부에게 검술을 배우기 시작했다. 글공부와는 다르게 검술은 항우에게 신나는 일이었다.

"이놈아, 바지 좀 추켜올리거라. 배꼽이 보여서야 어디 검술 자세가 바로 되겠느냐?"

"숙부님, 제 배꼽도 검술을 익히고 싶어 하는 모양입니다."

"뭐? 허허허……. 이놈아, 네 배꼽이 웃는다!"

"검술을 배우는 게 기뻐서 그렇습니다. 자, 다음에는 어떻게 해야 합니까?"

항우는 바지를 올리려 했지만, 자꾸 내려가 엉덩이에 걸리는 통에 배꼽을 감추기가 힘들었다.

항우의 배꼽은 유난히 큰 왕배꼽이었다. 동네 아이들은 강물에서 헤엄치며 놀 때 항우에게 '왕배꼽'이라는 별명을 붙여 주었다. 항우도 배꼽 앞에 붙은 '왕'자가 싫지 않았다.

"자, 검술은 기본 동작이 중요하다. 내가 하는 대로 기합을 넣어 가며 따라서 하거라. 하압!"

"하압!"

항우의 기합 소리가 어찌나 컸던지 항량은 놀라서 검을 떨어뜨릴 뻔했다. 마치 우렛소리 같았다.

"웬 목청이 그렇게 크냐?"

"왕배꼽이 함께 소리치니까요."

항우는 씩 웃으며 뒤통수를 긁적였고, 항량 또한 따라 웃었다.

항량은 첫째 날, 둘째 날이 지나 사흘째 날이 되어도 검술의 기본 동작만을 되풀이하여 가르쳤다. 기본이 잡혀야 기술로 들어가는 것이 검술이기 때문이었다. 그러나 그 기초 검술이 항우에게는 지루하기 짝이 없었다.

"숙부님, 검술도 이렇게 하는 것이라면 진절머리 나서 배우기 싫습니다."

"기본 동작을 충실히 익혀야 검을 다룰 수 있다."

그러나 항우는 얼마 못 가서 검술도 배우려 하지 않았다.

"검술은 한 사람 한 사람을 상대하는 것이지요?"

"……그렇지."

"그런 검술이라면 별것 아니라고 봅니다. 몇천 몇만 명을 한꺼번에 상대할 수 있다면 또 모르지만."

항량에게 순간 떠오르는 생각이 있었다.

"오오, 그러냐? 그럼 병법(兵法, 군사를 지휘하고 작전을 세워 전투를 벌이는 방법)을 배우겠느냐?"

그 뒤로 항량은 항우에게 병법을 가르치기 시작했다.

항우가 병법서를 익힐 수 있도록 한 대목마다 한 번으로 그치지 않고 두 번 세 번 반복했다.

"왜 한 번 한 말을 또 하고 또 하고 합니까?"

"머릿속에 익혀야 하느니라."

항우는, 항량이 기묘한 전술을 힘들여 설명할 때도 집중하기는커녕 끄덕끄덕 졸기만 했다.

"이놈아, 중요한 대목이니 정신을 바짝 차려라."

그러자 하품을 하던 항우가 한 마디 불쑥 던졌다.

"병법도 별것 아니군요. 제가 생각하는 것과 같으니까요."

"별것 아니라니? 그럼 네가 병법을 안단 말이냐?"

그러면서 항량은 속으로 적이 놀랐다. 항우가 거짓말을 할 리는 없었던 것이다.

'이 녀석의 머릿속은 선천적으로 병법을 깨우친 게 아닐까?'

결국 병법 수련도 얼마 못 가서 흐지부지되고 말았다. 항량도 더는 어쩔 수 없었다.

항량의 가슴속에는 초나라가 망한 이후부터 한 가지 큰 꿈이 칼날처럼 항상 번뜩였다. 그 꿈은 '때가 오면 군사를 모아 아버지 항연 장군의 원한을 풀고 초나라를 일으키자'는 것이었다.

때문에 항량이 조카 항우에게 거는 기대는 컸다. 어린 나이임에도 불구하고 생각하는 것이나 어떤 일에 부딪혔을 때 보이는 순발력은 항량을 놀라게 했다. 그리고 무엇보다도 항량의 가슴을 뿌듯하게 한 것은 항우의 키와 몸집이 하루가 다르게 커 간다는 것이었다. 그 나이 또래의 아이들과는 비교할 바가 아니었다.

그래서 항량은 조카를 예사롭게 보지 않았다. 자신을 위해, 아니 초나라를 위해 큰일을 해 줄 장군감으로 점찍어 놓아도 좋을 성싶었다.

하루는 항우가 심부름을 마치고 저잣거리를 지나올 때 포목점 주인이 험상궂은 불한당한테 두들겨 맞는 것을 보았다. 모여든 사람은 많았지만 아무도 말리려고 하지 않았다.

"무슨 일이지요, 아저씨?"

항우가 아는 사람에게 물었다.

"항우로구나. 말도 마라. 저 불한당 같은 놈이 가게에서 돈도 내지 않고 포목을 몽땅 싸 가지고 나오는 것을 보고 주인이 돈을 내라고 하자 저렇게 행패를 부리는구나."

그러자 항우가 주먹을 불끈 쥐며 앞으로 나섰다.

"여보시오, 돈을 내지 않고 물건을 가져간다면 강도와 다른 것이 없잖소?"

항우는 화가 치밀어 올랐지만 상대가 어른인지라 점잖게 말을 하려 하였다.

"뭐라고? 어떤 개뼈다귀 같은 놈이냐? 어린놈이 집에 가서 젖이나 먹을 일이지. 저리 꺼져라!"

불한당은 나이 어린 항우를 무시하듯 고개를 돌리고는 다시 포목점 주인을 치려 하였다. 이미 얼굴이 피범벅이 된 주인은 이제 주먹을 한 대만 더 맞으면 죽게 될지도 몰랐다.

그때 항우의 손이 잽싸게 불한당의 손목을 낚아챘다. 순간 사람들은 항우가 불한당한테 얻어터지리라고 생각했다.

"이놈아, 이 손을 놓지 못해?"

"어디서 행패냐, 강도 놈아! 이놈 맛 좀 봐라. 나는 왕배꼽 항우다!"

순간 항우는 한쪽 손으로 불한당의 허리끈을 불끈 쥐더니 불한당을 번쩍 들어 올렸다.

"어어어, 이놈이!"

그러나 불한당은 더 말을 못하고 저만큼 나가떨어졌다.

항우의 키는 스무 살때 이미 8척(尺, 진나라에서의 1척은 23센티미터, 곧 항우의 키는 184센티미터)이 넘었다. 강남 사람들이 대체로 체격이 왜소하고 키가 작았기 때문에 항우의 체격은 어디를 가나 돋보였다.

그리고 그의 우람한 체구에서 나오는 힘은 세 발 달린 가마솥을 번쩍 들어 올릴 정도였다.

항우는 머리 회전도 빨랐다.

어느 날이었다.

"우야, 내가 일이 있어 어디 좀 다녀와야겠다."

숙부의 말이 끝나기도 전에 항우는 재빨리 문을 열고 나갔다.

항량이 방을 나왔을 때는 방문 앞에 항량의 신이 가지런히 놓이고 대문까지 열려져 있었다. 항량의 외출 준비가 눈 깜짝할 사이에 이루어진 것이다.

숙부가 어떤 말을 하면, 그 일 하나만 끝내는 게 아니라 그에 따른 부수적인 일까지 척척 처리하는 항우의 동작은 가히 번개와도 같이 빨랐다. 육중한 체구와는 걸맞지 않게 머리 회전도, 행동으로 민첩했던 것이다.

숙부 항량은 지방 유지들에게 갈수록 신망을 얻었고, 항우 또한 젊은 이들에게 인기가 높았다. 그러다 보니 그들 주변엔 일종의 세력 같은 것이 자연스럽게 형성되어 갔다.

"이 녀석이 제 조카 항우입니다."

항량은 곧잘 항우와 다니며 자랑하기를 즐겼다. 그럴 때 항우는 공손히 머리를 숙였다. 예절은 항우가 숙부에게서 귀에 못이 박히도록 배운 것이기도 했다.

"우리는 초나라의 귀족 집안이고 훌륭한 장수의 후손이다. 집안과 선조의 명예를 더럽히지 않으려면 윗사람들에게 공손해야 한다."

숙부의 가르침은 어릴 때부터 몸에 배어서, 항우는 나이 많은 이들에게 예의 바른 청년으로 칭찬을 받았다.

"진나라의 멸망은 강 건너 불을 보듯 뻔한 이치입니다."

항량은 세상 이치에도 밝았다. 때문에 누구나 항량을 한번 만나면 이내 그를 우러러 보았다.

"새 인물이 우리 고장에 나타났소."

　가는 곳마다 사람들은 항량을 칭찬하며 흐뭇해 하였다.

"무슨 일이든 항량과 의논하여, 그가 시키는 대로 따르면 된다."

　이런 말까지 나돌 정도로, 항량은 오중에서 단연 돋보이는 인물이 되었다.

　오중은 회계군에 속해 있었다. 회계군은 216개의 현이 있는 지역으로 예전의 오나라나 월나라의 땅과 맞먹을 만큼 넓었다.

　회계군을 다스리는 행정장관은 은통이라는 사람이었다. 넓은 땅, 수많은 현을 다스리는 은통의 위세는 이전의 왕이나 다름없었다.

　항량은 진의 관료조직을 조카에게 알아듣기 쉽게 설명해 주었다.

"관(官)은 시황제 권력의 대행자로 관할지의 백성을 직접 다스린다. 그렇지만 세금을 거두면 왕처럼 자기 것으로 쓰지 못하고, 경비를 뺀 나머지를 몽땅 시황제에게 보내야 한다."

　항우는 관이란 급료를 받고 시황제에게 고용된 자라고 생각했다.

"관이 하는 일 중에 가장 큰일은 뭐지요?"

"백성들로부터 세금을 잘 거두어들이는 게 제일 중요한 일이란다. 그렇지만 세금을 무리하게 거두려고 하면 백성들이 반발하거나 다른 곳으로 도망쳐 버려서 오히려 역효과가 나기 때문에 그런 일은 지혜롭게 해야 한단다."

어느 시대 어느 나라를 막론하고 조세 징수는 가장 어려운 일이다.

은통은 어려운 일에 부딪히면 항량에게 묻거나 협조를 구할 때가 많았다. 지방 장관은 중앙의 지시에 성과를 보이지 않으면 자리에서 물러나거나 형벌까지 받아야 하는 신상필벌(信賞必罰)이 따랐기 때문이다.

"한번 해보지요."

항량은 관으로부터의 어떤 협조 의뢰를 받는다든가 마을에 일이 발생하면 항상 다른 어른들과 상의했고, 항상 백성 편에 서서 일을 처리했다.

"항량 어른과 항우는 초나라의 명망 있는 가문이어서 은통도 쩔쩔맨다는구먼."

"아무리 망한 초나라일지라도 그 명망은 살아 있기 마련인데, 누가 섣불리 건드리겠는가!"

항량이 관청에 드나들며 은통을 멀리하지 않는 데는 큰 계획이 숨어 있었다. 앞으로를 대비해서였다. 즉, 언젠가 때가 이르면 군사를 일으킬 때, 백성들을 끌어들일 계산을 하고 있었다.

숙부의 그러한 속마음을 항우도 알고 있었다.

"숙부님, 사람들은 우리를 믿고 따를 것입니다."

항우가 말했다.

"그래, 오중의 백성이 우리 뒤에 버티고 있다. 때를 기다리자!"

항량은 열심히 관청을 드나들었다.

'이놈, 은통아! 내가 너를 따르리라고 생각하면 오산이다.'

솔직히 항량은 은통을 이용하는 중에도 생각하는 것은 오로지 초나라의 건국이었다. 그래서 진나라의 온갖 착취와 노역에 허덕이는 백성들을 조금이라도 돕는 일이라면 발 벗고 나섰다. 그는 백성들과 함께 마음을 터놓고 살아가고자 했다.

항우는 숙부로부터 마을 사람 중에 누구는 어떤 재주가 있고, 누구는 어떤 능력이 있다는 것을 자주 들었다.

"잘 알겠습니다."

항우는 숙부가 자기에게 왜 그런 것을 가르쳐 주는지 잘 알고 있었다.

"무엇을 안다는 거냐?"

"때가 되면 요긴하게 쓰려는 것 아닙니까?"

"그래, 부자가 창고에 곡식을 쌓아 두는 것은 장차 필요할 때 쓰려는 것이다. 초나라의 원한을 갚을 때가 오면, 많은 인재가 필요하다. 그러나 아무리 재주가 뛰어나다 하더라도 자기 혼자 처리하는 독불장군은 쓸모가 없다."

"꼭 저를 두고 하는 말씀 같네요?"

"그래, 이놈아! 명심해야 할 말이다!"

항량은 시대의 흐름을 파악하고 있었다. 이미 진나라가 기울고 있다는 것을……. 언제 어디서 반란의 불똥이 튈지 몰랐다. 항량은 바로 그날을 기다리며 인재를 한 사람이라도 더 모으려고 애썼다.

항량과 항우가 이렇게 때를 기다리고 있을 즈음, 패라는 곳에서는 유방(劉邦)이라는 자도 훌륭한 인재를 널리 모으며 야망(큰일을 이루고자 하는 소망이나 욕망)을 키우고 있었다. 항우가 범, 즉 호랑이라면 유방은 하늘에 오를 용이었다.

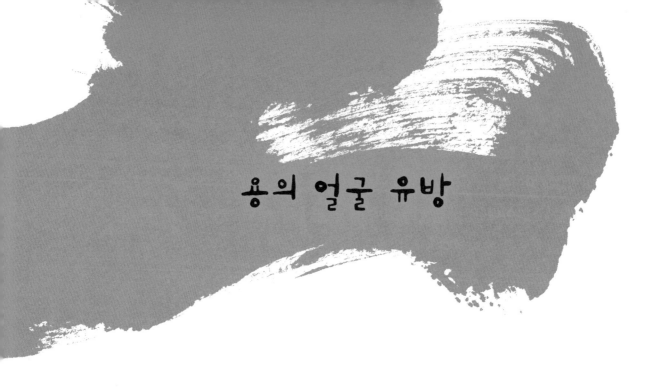

용의 얼굴 유방

유방(劉邦)은 시황제가 열세 살이라는 나이로 진나라 왕이 되던 해(BC 247년), 패현 땅 중양리 산골에서 태어났다.

유(劉)씨 집안은 대대로 산골에서 농사일로 살아왔기 때문에 살림살이가 가난했다. 유방의 아버지 태공(太公)은 부인 유오와의 사이에서 아들 셋을 낳았는데, 유방은 그중 막내였다.

유방이 태어나던 날 같은 마을의 노(盧)씨 집에서도 사내아이가 태어났다. 노관이란 이름의 이 아이는 유방과는 단짝이 되어 자랐다.

유방이 태어나기 전 어느 날의 일이다. 유방의 어머니 유오가 산 밑의 연못가 밭에서 일을 하다가, 나무 그늘에서 깜빡 잠이 들었다. 그런데 갑

자기 천둥 번개가 치고 하늘이 어두워졌다. 그런데도 유오는 잠에서 깨어나지 않았다.

금방이라도 장대비가 쏟아질 것만 같아 태공은 부인을 찾아 나섰다가 깜짝 놀라고 말았다. 밭이랑에 잠들어 있는 아내 위에 커다란 용이 꿈틀대고 있는 것이 아닌가! 태공은 소스라치게 놀랐지만 지켜볼 수밖에 없었다.

그렇게 얼마 동안을 서 있었는지 모른다. 용이 아내에게서 스르르 몸을 풀더니 구름 속으로 사라졌다. 그러자 언제 그랬냐는 듯이 날씨가 맑아졌고 부인은 잠에서 깨어났다. 부인은 지금까지 자기에게 벌어진 일을 모르는 듯했다.

그 뒤 태공의 아내 유오는 임신을 했고, 그때 낳은 아들이 바로 유방이었다.

"우리 막내 유방은 용의 아들이다."

이 말을 퍼뜨린 것은 태공이었다. 유방은 태어났을 때부터 코가 우뚝했고, 얼굴이 반듯하게 잘생겨 용을 닮아 있었다. 그리고 왼쪽 넓적다리에 72개의 점이 있었다.

유방은 어릴 적부터 자기가 용의 아들이라는 것에 은연중 자부심을 지니고 있었다. 그리고 자기는 장차 큰 인물이 될 것이기 때문에 보통 사람과는 달라야 한다고 생각했다.

유방은 나이가 들면서 농사일 따위에는 관심이 없었고 밖으로만 나돌았다. 때문에 가족이나 마을 사람들이 보기에 유방은 할 일 없이 빈둥대는 건달이나 불량배와 다르지 않았다.

"여어, 어서 오게."

유방이 나타나면 패거리들은 그를 반겨 맞았다. 장사꾼과 잡탕 패거리들로 북적거리는 곳인데도 유방이 나타나지 않으면 왠지 활기가 없었다. 그러다가 유방만 나타나면 언제 그랬냐는 듯이 골목마다 활기가 넘치고 사람들의 얼굴에는 저마다 생기가 넘쳤다.

"나는 용의 아들이니라."

유방은 패거리들에게 허풍을 떨어 가며 술을 마셔 댔다.

"이것 봐라. 이것이 바로 용의 비늘이다. 용의 비늘이 72개나 된다."

유방은 패거리의 우두머리 행세를 했으며 누구나 그렇게 여겼다. 그래서 '유방은 하늘이 내린 사람'이라 여기는 사람들도 많았다.

유방은 자기의 말을 부정하는 자라도 나타나면, 부하들을 시켜 왕따시키는 것도 모자라 몰매를 주기도 했다. 또 패거리들은 유방이 용의 자식이라는 것을 증명하기 위해 유방의 얼굴을 내세웠다.

"유방의 얼굴은 용의 얼굴과 닮았다."

"아, 용의 얼굴이 저렇게 생겼구나."

사람들은 유방의 얼굴을 보고 곧잘 나름대로 상상했다. 그 누구도 용의 얼굴을 본 사람이 없기 때문에 유방의 얼굴을 보면서 '용의 얼굴이 저렇구나'하고 상상했던 것이다.

용의 얼굴을 용안이라고 한다. 용안을 가진 유방을 패 마을 패거리들은 갈수록 떠받들었다.

유방은 먹을 것이나 쓸 만한 물건이라도 생기면 부하들에게 골고루 나누어 주는 것을 좋아했다. 그처럼 동료나 아랫사람들을 챙겨 주는 마음 씀씀이가 유방을 더욱 용안의 주인으로 만들어 갔다. 때문에 패 사람들은 누구나 유방과 사귀려 했다.

어느덧 유방과 그를 따르는 자들은 패현 지방의 세력 집단으로 커졌다. 그중에서도 개 장사를 하는 번쾌는 유방을 장수처럼 호위했다. 번쾌는 힘이 장사일 뿐만 아니라 칼을 들면 당할 자가 없었다.

어느 날 마을 거리를 걷던 유방의 발걸음이 현청(현을 다스리던 관청) 앞에서 멈췄다. 흔히 사람들은 현청 앞을 지나기를 꺼려 하였다.

"이곳에서 우리 패현을 다스리는 일을 한단 말이지?"

붉은 기둥의 현청은 유방의 눈에 낯설었다.

"빨리 지나갑시다."

번쾌가 유방의 옷깃을 끌었다.

"죄지은 것도 없는데 무서울 게 뭐가 있느냐? 관리들이 어떻게 일을 하고 있는지 들어가 보자."

유방은 번쾌가 말릴 사이도 없이 현청 안으로 들어가며 목청을 뽑았다.

"안녕들 하슈! 여기서도 술을 팝니까?"

느닷없이 거구의 사내가 들어서며 큰 소리를 내자 현청 관리들은 어리둥절했다. 한쪽에서 킥킥거리는 자들도 있었다.

"아는 사람들도 있군."

관리들 가운데는 유방과 낯익은 얼굴도 있었다. 하급 관리는 대부분

그 고장 사람들을 채용했기 때문에 유방의 부하라 할 수 있는 자도 있었던 것이다.

그날 이후 유방은 거리를 걷다가 들르는 장소가 술집 말고도 현청이 하나 더 늘었다.

현청 출입은 유방에게 변화를 가져왔다. 권력을 가지고 나라를 다스리는 정치가 무엇인지를 깨닫기 시작한 것이다. 그러나 겉으로는 그 변화를 드러내지 않았다.

유방은 관리들이 쓰다가 버린 종이로 글자도 한 자 한 자 익혔다. 처음에는 어려웠지만 자꾸 들여다보니 제법 아는 글자도 생겼다.

유방은 차츰 사람을 너그럽게 감쌀 줄 아는 포용의 힘을 터득했다. 그리고 포용과 함께 베풀 줄 아는 관용이 무엇인지도 알았다.

"이놈아!"

번쾌가 어떤 일로 누구를 을러대면 유방은 그를 관용으로 대했다.

"이번만은 용서해 주어라."

포용과 관용은 관리들을 대할 때도 나타났다. 유방은 '혼내 주어라'라는 지시를 내리기보다는 '용서해 주어라'라는 관용을 베푸는 것이 더 마음을 편하게 하고 즐거운 일임을 느꼈다. 그러자 부하가 되어 유방을 따르는 사람들이 늘어 갔다.

'남을 좋게 대해야 더 많은 사람이 따르는구나.'

날이 갈수록 유방의 사람을 대하는 방법이 세련되어졌다. 아니, 그것은 마음에서 우러나는 일종의 덕(德)이었다.

"유방 님의 웃는 얼굴을 보면 지나가던 개도 반하여 졸졸 따를 것입니다. 용안이신 유방 님의 얼굴에는 그게 썩 잘 어울립니다."

유방이 현청에 드나들면서 알게 된 소하가 말했다.

"맞습니다. 유방 님은 그 얼굴로 많은 사람들에게 덕을 베푸십시오. 사람을 다스리는 데는 칼보다 백 배 나은 게 덕입니다."

옆에서 조참도 한마디 거들었다.

소하와 조참은 패 지방 출신의 관리였다. 그들은 현청의 실력자들로 소하가 상관이었고, 조참은 그 밑에서 감옥을 맡고 있는 옥리였다.

소하와 조참은 사람을 알아보는 눈이 비범했다. 그들, 특히 소하는 유방이 범상치 않은 인물이라는 것을 알았다. 분명 유방이 용처럼 솟아오를 때가 오리라는 것을 예감했던 것이다. 그래서 소하는 그를 돕는 일이라면 솔선하여 나섰다.

그런데 엉뚱한 곳에서 일이 터졌다. 유방과 번쾌가 술집에서 술을 마시고 있는데 느닷없이 소하가 숨을 가쁘게 몰아쉬며 들어왔다.

소하의 이런 모습은 처음이었다.

"소하, 무슨 일이오?"

"유방 님, 몸을 숨기셔야겠습니다. 군청으로부터 체포 명령이 떨어질 것 같습니다."

"체포라니? 내가 무슨 죄를 지었다는 거요?"

유방은 어리둥절했다.

"살인을 조종했다는 혐의인 것 같습니다."

유방이 비록 건달들의 두목 행세를 하고는 있었지만, 살인이라니! 그런 일은 없었다.

"으음, 나를 싫어하는 현청에 있는 어느 놈이 나에게 혐의를 덮어씌운 것이 아니오?"

"지금은 그런 것을 따질 때가 아닙니다. 우선은 피하십시오."

"사태가 그토록 절박하오?"

"그렇습니다! 제 힘으로는 어쩔 수 없게 되었습니다."

군청에서 유방을 잡아들이려 하는 것은 한 현리의 원인 모를 죽음 때문이었다. 그런데 평소 유방을 아니꼽게 여기던 몇몇 현리들이 짜고 그 배후가 틀림없이 유방일 것이라며 은밀히 고발했던 것이다.

"형님! 형님이 이대로 피하면 얕보입니다. 목숨을 걸고 나서야 합니다."

번쾌는 치미는 화를 참지 못하고, 이를 부드득 갈며 복수를 하자고 했다. 그러나 유방은 고개를 저었다.

"소하가 하라는 대로 해보자. 그 사람의 뛰어난 머리가 우리들의 생각보다 나을 것이다."

"형님은 어째서 소하의 말만 옳다고 하십니까?"

"나는 소하에게서 많은 것을 배웠다. 앞으로 더 많은 것을 배워야 한다. 너도 알다시피 내가 가진 것은 용의 얼굴밖에 더 있느냐? 정말 용이 되려면 더 많은 것을 알아야지!"

그러자 번쾌도 화를 누그러뜨렸다.

술집을 나온 유방은 노관과 함께 피신을 서둘렀다. 일이 더 크게 벌어

지기 전에 떠나야 했다. 피신 장소로는 마을에서 한참 떨어진 산속으로 정했다.

한편 패현 현령은 유방에게 현리를 죽인 범인을 조종했다는 죄를 뒤집 어씌우기를 잘했다고 생각했다.

"그 골치 아픈 유방을 어떻게 조처했는가?"

현령이 소하에게 물었다. 소하는 치안을 담당하는 책임자였다.

"앞으로는 현청에 나타나 공무를 방해하는 일이 없을 것입니다. 패현 에서 자취를 감췄습니다."

"잘됐다."

현령은 처음부터 유방과 그의 부하들이 현청에 드나드는 것을 못마땅 하게 여기고 있었다. 더욱이나 유방으로 인해 현청의 기강이 문란하다는 밀고가 상급 관청인 회계 군청에 들어갔던 것이다.

현령은 군수에게 불려 가 '불량배를 다 잡아들여 질서를 바로잡겠다'는 각서까지 쓰고 돌아왔다. 그러던 차에 현리의 죽음이 발생한 것이다.

현령은 처음 유방과 그 패거리들을 잡아들이기 위해 군사까지 동원할 생각이었다. 그러나 소하가 적극적으로 말리는 바람에 그렇게까지는 하 지 않았다.

유방이 살인 누명을 쓰고 자취를 감추자 그때까지 그를 따르던 패거리 들도 점차 하나둘 등을 돌렸다.

이를 전해 들은 유방은 새삼 사람들의 간사함을 뼈저리게 느꼈다.

'사람들은 자신에게 이득이 없으면 등을 돌리게 마련이다!'

유방은 그들을 탓하지 않았다.

유방은 산속에 숨어 지내는 동안 차츰 정치, 즉 백성을 다스리는 일에 대해서 생각하는 시간이 많아졌다.

'소하나 조참 같은 자만 부하로 쓰면 현령도 되고, 군수도 되고 왕 노릇도 할 수 있지 않을까?'

그 나름의 단순한 정치의식이 유방의 가슴속에 자리잡았다. 유능한 관리만 발굴해서 쓴다면 자기도 얼마든지 높은 자리에 앉을 수 있다는 망상에 사로잡히기도 했다.

'힘이 필요하다!'

유방은 큰 자리를 차지하기 위해서는 큰 힘이 필요하다는 결론을 얻었다.

'힘을 길러야지. 그런데 어떻게 힘을 기르지?'

그러나 그 방법이 쉽게 떠오르지 않았다. 그러다가 문득 부하들을 모아 난을 일으켜야 한다는 결론을 내렸다. 갑자기 숨이 가빠 왔다.

'목숨을 걸고.'

유방은 번쾌의 말처럼 목숨을 걸어야 한다고 생각했다. 번쾌는 '목숨을 걸고'라는 말을 자주 썼다.

'목숨을 걸고 난을 일으켜서······.'

유방은 곧 고개를 가로저었다. 그것은 섣불리 할 수 있는 일이 아니었다. 정치란 그렇게 간단한 것만은 아니라는 생각이 유방의 머릿속에 깃들기 시작했다.

한편 소하는 현청에서 일을 보면서도 유방이 어찌 지내고 있는지 몰라 마음이 항상 불안했다.

하루는 전국시대의 뛰어난 인물인 신릉군에 관한 책을 읽던 소하는 문득 이 책을 유방에게 전해 주고 싶다는 생각을 했다. 그래서 그날 퇴청하는 길에 번쾌가 자주 가는 술집으로 향했다.

번쾌는 유방이 떠난 후, 개 잡아 파는 일도 손에 잡히지 않아 빈둥거리며 술집만을 찾았다. 그 술집은 무오라는 사람이 주인이었기 때문에 사람들은 '무오의 술집'이라고 불렀다

저녁 무렵이 되어 번쾌가 무오의 술집에서 혼자 술을 마시고 있는데 뜻밖에 소하가 찾아왔다..

"아니, 나리께서 웬일이십니까?"

"유방 님의 소식이 궁금해서……, 그 좋아하는 술 맛을 잊고 어찌 지내실까?"

"저도 그게 마음에 걸립니다. 다른 것은 다 참아도 술은 못 참으시는 형님인데……."

소하의 말에 번쾌는 맞장구를 쳤다.

"좋은 방법이 있소이다."

소하의 말에 번쾌가 바짝 귀를 디밀었다.

"술은 내가 댈 테니, 이 집 술통을 메고 술장수가 되어 산속 마을길로 가 보슈. 그러면 무슨 소식이 있을 것이오."

번쾌는 다음 날부터 술통을 메고 유방을 찾아 산속과 늪지대를 뒤지기 시작했다.

한편 유방과 노관이 산속 동굴에서 지내는 동안 가지고 온 양식이 떨어졌다. 어쨌든 굶고 살 수는 없는 일이었다. 결국 노관이 양식을 구하기 위해 마을로 내려갔다. 그런데 도중에 술통을 메고 오는 번쾌를 만났다.

번쾌는 하도 반가워 술통에서 술이 새어 나가는 것도 모른 채 노관을 재촉하여 유방 있는 동굴로 한걸음에 내쳐 달렸다.

"아이구, 형님!"

유방은 그 목소리만 듣고도 그가 누군지를 단박에 알았다.

"번쾌구나!"

"형님!"

번쾌는 유방에게 뛰어들었다. 그리고 뒤이어 노관이 술통을 메고 들어왔다.

"웬 술통이냐?"

유방이 기뻐 어쩔 줄 몰라 하며 술통을 받았다.

"실은 형님을 만나면 드리려고……."

"그런데 왜 술통이 이렇게 가볍지?"

번쾌가 겸연쩍은 듯 뒤통수를 긁으며 말했다.

"그것을 메고 형님을 찾으러 이틀 동안 산속을 헤맸소. 그러다 보니 홀짝홀짝 마셔 버려 그것밖에 남지 않았소."

쏟아 보니, 그래도 술 몇 사발은 족히 되었다. 유방은 정신없이 그 술부

78

터 연신 들이켰다.

번쾌는 유방이 술을 다 마시기를 기다려 옷 속에서 두툼한 책을 꺼냈다.

"웬 책이냐?"

유방이 묻자, 번쾌는 소하를 만났던 이야기를 자세히 전했다. 유방은 코끝이 찡해 왔다.

저녁 무렵 번쾌는 산을 내려갔다.

그날부터 유방은 노관과 함께 번쾌가 가지고 온 신릉군에 관한 책을 한 자 한 자 더듬어 가며 읽기 시작했다.

'이 책이 나에게 큰 도움이 된다고 했겠다.'

책의 내용은 유방에게도 쉽게 이해되었다.

신릉군은 유방이 태어나기 반세기 전인 전국시대 말기에 살았던 전설적인 인물이었다. 그는 위나라 공자로 진나라의 압박 속에서도 위왕을 잘 도와 안정된 나라를 이끌었다.

그의 집에는 항상 3천여 명의 식객들이 모여들어 발 디딜 틈도 없었다. 당시에는 지모가 특출한 인재들이 여러 나라를 떠돌아다니며 자신의 지혜나 자신만이 가진 특기 따위를 각 나라의 실력자에게 제공하고 그 대가를 받고 있었다. 아무리 천한 신분이라 하여도 머리를 짜내는 지모가 특출하기만 하면 그 실력 만큼 대접받는 그런 시대였던 것이다.

신릉군 역시 과거의 이력이나 태생 따위는 상관치 않고 인재를 모아 적재적소(마땅한 인재를 마땅한 자리에 씀)에 가려서 썼다.

하루는 신릉군이 위나라의 귀족들과 고급 관리들을 초대하여 연회를 베풀었다. 그 자리에 성문지기인 후생이라는 노인의 인품이 훌륭하다는 말을 듣고 그를 초대하여 윗자리에 앉히려 하였다.

그런데 후생은 저잣거리에서 개백정 일을 하는 주해가 자기보다 훌륭하다며 그 사람을 추천해 주었다.

"주해야말로 숨어 사는 천하의 인재입니다. 저는 그 친구에 비할 바가 못 됩니다."

신릉군은 그길로 마차를 몰아 저잣거리 도살장으로 가서 주해를 초대했다. 그러나 주해는 신릉군의 초대에 응하지 않았다.

그러자 후생이 신릉군에게 약속했다.

"저와 주해를 믿어 주시니 신명을 바쳐 주해와 함께 은혜에 보답하겠습니다."

"선생님만 믿겠습니다."

신릉군은 뜻밖의 인재를 얻은 것을 매우 기뻐했다.

그후, 조나라가 진나라의 공격을 받아 위험에 처하자 위나라에 구원병을 요청했다. 위왕은 신릉군에게 부탁하여 원병을 보냈지만, 신릉군이 보낸 원병은 진나라 군사의 기세에 눌려 진격하지 못하는 어려움에 처했다.

난처해진 신릉군은 성문지기 노인 후생을 찾아 자신의 어려움을 호소하고 도움을 청했다.

그러자 후생은 주해에게 도움을 청하라고 했다. 그리고 자신이 생각한 계책을 알려 주었다.

신릉군은 후생의 지혜와 주해의 놀라운 용병술에 힘입어 사나운 진나라 군사를 무찌르고 승리하여 만천하에 승전보를 울렸다. 그 싸움에서 주해는 위기에 처한 신릉군의 생명을 구하기도 했다.

신릉군에 관한 책을 다 읽은 유방은 노관에게 큰 소리로 외쳤다.

"나도 신릉군과 같은 큰 인물이 될 것이다."

유방은 동굴 안에서 매일 신릉군과 같은 큰 인물이 되겠다고 각오를 다지며 앞날을 계획했다. 그렇게 두세 달이 흐르자 유방은 차츰 동굴 생활에 지쳐 갔다.

마을이 생각나서 좀이 쑤셨다.

'책을 돌려준다는 핑계로 소하를 만나 보자.'

한편 마을에서는 이미 유방의 수배가 풀려 있었다. 하지만 소하는 깊이 생각한 끝에 되도록이면 늦게 알리기로 하였다. 유방 스스로 자신을 뒤돌아보고 앞날에 대해 좀 더 깊은 생각을 하며 많은 계획을 세울 수 있도록 시간을 주고자 했던 것이다.

그런데 유방이 제 발로 산에서 내려온 것이다.

"그동안 고생이 심하셨지요. 진작 연락을 드렸어야 했는데 제가 좀 먼 곳을 다녀오는 바람에……."

소하는 공무로 함양에 다녀왔노라 핑계를 대었다. 그곳에 다녀오려면 적어도 한두 달은 걸리기 때문이었다.

"하하하, 나는 그런 줄도 모르고 한동안 소식이 없어 소하를 원망했소. 덕분에 이 책은 아주 잘 읽었소. '신릉군과 후생' 이야기는 읽을수록 나에

게 큰 교훈이 되었소."

유방은 소하의 핑계를 전혀 의심하지 않았다. 그러자 소하의 마음속에는 유방에 대한 존경심이 더욱 뜨겁게 일었다.

그날부터 유방은 신릉군을 본보기로 삼고 몸가짐에 신경을 썼다.

'나라고 신릉군과 같은 사람이 되지 말라는 법은 없지.'

"번쾌, 너는 나의 주해야."

어느 날 유방이 번쾌에게 불쑥 던진 말이었다.

"주해라뇨?"

번쾌는 무슨 말인지 몰라 벙벙했다.

"신릉군 책 속에 나오는 인재다. 시장 바닥에 묻혀 살던 후생의 친구인데, 너와 똑같은 직업을 가졌어. 그 주해가 신릉군을 위기에서 구해 냈듯이 너도 언젠가는 나를 위기에서 건져 낼 것이다."

유방은 신릉군에 관한 이야기를 번쾌에게 들려주었다. 그리고 현청 관리인 소하와 조참을 후생에 비유했다.

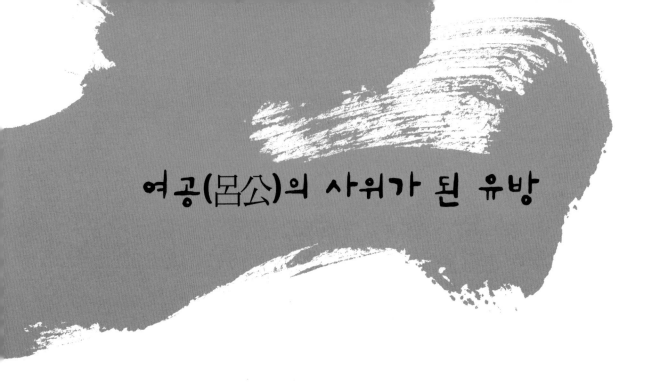

여공(呂公)의 사위가 된 유방

패에서 멀리 떨어진 단부라는 곳에 여공(呂公)이라는 위인이 살았다. 그는 재산이 많은 세력가일 뿐만 아니라 많은 협객(의협심이 있는 사람)들과도 폭넓은 교류를 가지고 있었다.

그런데 여공이 어떤 사건에 휘말려 일족을 거느리고 패현으로 피신하게 되었다. 마침 새로 부임해 온 패의 현령이 전에부터 여공과 잘 아는 사이였다. 그래서 현령은 여공을 자기 집에 머물게 하고 거창하게 환영 잔치를 준비했다.

그러자 패현 안팎으로 대단한 인물이 현령의 저택에 머문다는 소문이 널리 퍼져 나갔다.

현령은 자기 위세를 과시하기 위하여 많은 사람들에게 초청장을 돌렸다.

초청받은 사람은 선물을 가지고 잔치에 참석해야 했는데, 그 선물이란 돈이었다.

그런데 선물, 즉 돈의 액수에 따라 손님에 대한 대우가 달랐다. 1천 전을 기준으로 대청마루에 앉았고, 이하면 안마당에 앉도록 되어 있었다.

소하는 잔치 진행의 책임을 맡아 바삐 움직였다. 그야말로 저택은 인산인해(人山人海), 사람의 물결로 자리가 넘쳐 났다. 패 땅 일대의 내로라 하는 인물들은 다 모인 듯했다. 바로 그때였다.

풍채 좋은 구레나룻의 사나이가 휘적휘적 문지방을 들어섰던 것이다. 유방이었다.

소하는 아찔했다. 그런데 유방은 당황한 소하는 안중에도 없다는 듯 무심한 얼굴로 이름이 적힌 목간(글을 적은 나뭇조각)을 당당하게 꺼냈다. 그 목간에는 선물인 돈의 액수가 적혀 있었다.

소하는 그것을 보고 또 한 번 소스라치게 놀랐다.

'뭐? 1만 전?'

빈털터리인 주제에 그 많은 돈이 있을 까닭이 없었다.

소하는 떨리는 손으로 대청마루에서 빤히 바라보고 있는 여공에게 목간을 바칠 수밖에 없었다. 목간을 본 여공이 크게 놀라며 허리를 굽혀 고마움을 표하고 가장 윗자리에 유방을 안내했다.

소하는 어찌해야 좋을지 몰랐다. 무일푼인 주제에 1만 전을 내겠다니⋯⋯. 하늘과 땅이 뒤바뀐다 해도 불가능한 일이었다. 하지만 소하는 모든 걸 체념하고 지켜볼 수밖에 없었다.

"참으로 귀한 상(相, 얼굴의 생김새)입니다."

여공이 예의를 갖추며 유방에게 말을 건넸다.

"잘 보아 주서서 고맙습니다."

유방은 허리를 굽혔다. 소하는 깜짝 놀라지 않을 수 없었다. 저토록 겸손한 말씨에 예의 바른 처신을 하는 유방을 처음 보기 때문이었다.

여공은 유방에게 술잔을 자주 권하며 친절히 말을 걸었다.

"저는 젊어서부터 관상 보는 공부를 좀 했습니다."

"그렇습니까? 좋은 재능을 가지셨군요. 그래서 공의 명성이 자자한가 봅니다. 저희 향촌(고향 마을)에서도 제 관상을……."

"그들이 뭐라고 합디까?"

여공이 재촉하자 유방은 마지못한 듯 조용히 입을 열었다.

"제 얼굴이 용……."

"용, 맞습니다. 용안입니다. 분명 하늘에 오를 용의 얼굴입니다."

유방이 미처 말을 다 하기도 전에 여공은 흥분에 들떠 큰 소리로 말했다.

"굉장히 귀한 상입니다."

"과찬의 말씀을……. 몸 둘 바를 모르겠습니다."

"아닙니다. 아녜요. 연회가 끝나면 이야기를 더 나누고 싶습니다. 남아 주시겠습니까?"

유방은 뺑튀기한 1만 전의 돈 때문에 슬그머니 내뺄까 했었는데, 기왕 내친 김에 끝까지 가 보자는 배짱으로 여공의 청을 받아들였다.

유방은 소문난 잔치에 유혹을 느낀 것도 사실이었지만, 그보다는 여공의 시선을 끌기 위해 1만 전이라는 터무니없는 액수를 적어 냈던 것이다.

잔치가 끝나고 손님들이 하나둘씩 자리를 뜨기 시작했다. 유방이 그대로 의젓하게 앉아 있자 소하가 어서 가라고 손짓을 했다. 하지만 유방은 그런 소하를 못 본 척했다.

이윽고 손님 배웅을 마친 여공이 유방 앞으로 다가와 별실로 안내했다. 둘은 서로 마주앉았다.

"과연 용이십니다. 대단히 높은 자리에 앉게 되실 상이십니다."

유방은 고개를 약간 숙였다가 들었다.

"그 이상의 귀상입니다. 황(皇, 황제)의 자리에 미칩니다."

"이거 원, 너무 과찬이시라……."

"용은 하늘로 올라가야 제격입니다. 승천! 그래야 '황'에 도달하십니다."

"저에겐 아무 힘도……, 사실 선물로 드리겠다는 1만 전도 거짓이었습니다."

유방은 여공이 너무나 진지하게 나오자 자신을 더는 감출 수 없어 사실대로 고백했다.

"아무려면 어떻습니까. 용에게는 가난도 부귀도 없습니다. 하늘로 올라가면 '황'자가 붙는데, 그까짓 1만 전이 뭐가 그리 대수입니까? 신경 쓰지 마십시오."

여공은 입가에 거품이 이는 것도 모르고 잔뜩 유방을 추켜세웠다. 그리고 조심스레 유방을 살핀 후 안채에 있는 식구들을 불러들였다.

"내 딸입니다. 인사드려라. 유공이시다."

"처음 뵙겠습니다."

유방은 여공의 딸을 보는 순간 현기증이 일면서 황홀경에 빠졌다. 분명 술기운 때문은 아니었다. 여공의 딸은 정말 아름다웠다.

"어떻습니까? 제 딸을 받아 주시겠습니까?"

"아, 예, 뭐!"

유방은 정신을 빼앗겨 얼결에 답하였다.

"고맙습니다. 용을 사위로 맞을 줄은 꿈에도 몰랐습니다. 어떠냐, 너는? 용의 상을 지닌 어른이시다."

여공이 유방과 딸을 번갈아 가며 물었다. 그러자 딸은 고개를 들고 유방의 얼굴을 꼼꼼히 살폈다.

"아버님의 말씀이 옳으십니다."

딸이 나직이 말했다. 그러한 부녀를 보던 여공의 부인은 못마땅한 듯 '흥' 하더니 휑하니 나가 버렸다.

"너는 이 아비의 말을 따르겠느냐, 아니면 어미의 말을 따르겠느냐?"

이것은 딸에게 유방의 아내가 되겠느냐고 묻는 것과 같았다.

"아버님, 현명하신 결정에 따르겠습니다. 저는 아버님의 딸이니까요."

여공의 딸은 얼굴이 예쁜 만큼이나 목소리도 차분하고 낭랑했다.

"됐다. 용이 하늘로 올라가게 되었구나!"

여공이 혼잣말을 했다.

"어떻소? 내 딸이 당신을 하늘로 올라가게 해 드릴 것이라고 보는데, 아내로 맞아 주시겠지요?"

용이 하늘로 올라간다는 말에 유방의 입이 절로 벌어졌다.

"어른의 말씀이시니 그대로 따르겠습니다."

유방은 허리를 굽혀 여공의 딸을 아내로 맞겠다고 승낙했다.

“혼례식은 되도록 빠른 시일 내에 날짜를 잡아서 치르도록 합시다.”

“황송합니다.”

여공과 딸의 배웅을 받으며 밖으로 나온 유방은 꿈인가 생시인가 했다. 그래서 두 팔을 더 넓게 휘저으며 걸었다.

용의 얼굴이 환히 빛났다.

마침내 혼례를 올리고, 유방은 여공의 딸을 아내로 맞았다.

여공은 처음 사위인 유방에게 자기 집에 들어와 사는 것이 어떠냐고 물었다. 그러나 유방은 한마디로 거절했다.

“아닙니다. 제가 장인 집에 들어가 산다면 사람들은 저를 장인 덕에 살아가는 못난 놈이라고 할 것입니다.”

딸도 남편인 유방의 말을 따르겠다고 했다. 여공도 더는 그에 대한 말을 꺼내지 않았다.

시장 모퉁이에 방 한 칸을 얻어 살림을 차린 유방은 부인과 뒹굴며 지내는 것이 그렇게 좋을 수가 없었다.

“허, 여자가 이처럼 좋을 줄 몰랐네!”

“저도요. 당신이 이렇게 기쁘게 할 줄은 몰랐어요.”

유방은 신이 났다. 왜 그렇게 세월이 빨리 가는지 아쉬울 뿐이었다. 그들은 그렇게 한 달여 동안을 집 안에서만 지냈다. 가끔씩 소하와 번쾌가 찾아왔지만 나중에 만나자며 발걸음도 못하게 했다.

“늦게 배운 도둑 질에 날 새는 줄 모른다더니!”

유방을 찾아왔던 사람들은 모두가 한 마디씩 중얼거리고 갔다.

하지만 그 세월도 오래갈 수는 없었다. 하루는 유방이 부인에게 입을 열었다.

"부인도 알다시피 난 돈벌이도 못하고 있소. 아무래도 당신은 당분간 우리 집에 가 있어야 할 것 같소."

부인도 유방의 처지를 아는지라 할 말이 없었다. 유방이 말한 우리 집이란 패현과 떨어진 중양리 본가였다. 유방의 부모와 형제들은 그곳에서 농사를 지으며 근근이 살고 있었다. 부인은 내키지 않았지만 남편이 시키는 대로 중양리로 갔다. 그리고 농사일을 거들었다.

유방은 부인이 떠나자 과거의 생활로 돌아가 술집에서 패거리들과 소일했다.

그러던 어느 날 현청에서 관리가 찾아왔다. 유방은 무슨 일인가 의아하여 소하를 뒷방으로 불러냈다.

"왜 현령이 나를 부르지?"

"제 짐작으로는 어쩌면 유방 님께 관운(官運, 벼슬할 운수)이 트일 것 같습니다."

"관운? 그렇다면 나에게 벼슬자리라도 하나 떨어진단 말인가?"

"그럴 것 같습니다. 유방 님이 정치를 알게 되는 아주 좋은 계기가 될 것입니다."

이튿날 유방이 현령을 찾아가자 현령은 정장(亭長)이라는 관리 자리를 맡아 줄 것을 권했다. 유방으로서는 생각지도 않게 굴러 온 떡이었다. 물

론 현령이 유방에게 정장 자리를 맡아 달라고 한 것은 소하가 계획적으로 현령에게 부탁하여 이루어진 일이었다.

　진나라의 지방 말단 사회 편제는 다섯 식구를 이웃이라 하고, 다시 다섯 이웃을 묶어서 마을이라 하였다. 그리고 그 열 개의 마을, 즉 250가구에 하나의 정(亭)을 두었다. 바로 정장이라는 자리는 정을 관리하는 벼슬이었다.

　유방은 당장 집안 식구들, 아버지나 형들로부터 마누라 하나 데리고 살지 못하는 백수건달이라는 눈총을 받지 않게 되어 한시름 놓았다.

　'용이 하늘로 올라가기 위한 발판이다.'

　유방은 자신에게 주어진 직책을 놓고 나름대로 생각했다. 천리길도 한 걸음부터라고 하지 않던가! 그렇다면 정장이라는 말단 관직도 매우 중요했다.

　유방은 높은 관리가 묵고 갈 때도 고분고분 잘했다. 또 마을에 도적이 나타났을 경우에도 평소 따르던 부하들을 적절하게 이용하여 도적을 척척 잡아 냈다.

　"형님은 도적 잡는 귀신이다!"

　물론 형님은 유방을 가리키는 말이었다. 그러다 보니 유방의 활약은 패현 관청에서도 화제가 되었다.

　"유방이 있는 근처 마을에는 도적들이 맥을 못 쓰고 몽땅 다 잡힌다는군."

　"하하하, 진작 그 일을 시킬 것을 그랬나 봐."

　소하는 그런 말을 들을 적마다 은근히 기뻤다. 아무튼 소하는 흐뭇했다.

유방은 경찰권을 행사하는 데 탁월하여 주민과 패현 관청으로부터 칭찬을 들었을 뿐만 아니라, 그가 쓴 관(冠)이 그에게 썩 잘 어울린다는 말도 들었다.

정장이 하찮은 자리일망정 선비에 속했다. 그 시대 선비는 관을 썼다. 그런데 정장 정도의 하급 관리는 그 관을 스스로 만들어 써야 했다. 유방 역시 자신이 고안한 대나무 껍질로 관을 만든 후 윤기 있게 번질번질 닦아 쓰고 다녔는데, 그 관은 유방의 얼굴에 관이 썩 잘 어울렸다.

사람들은 처음 진나라가 천하를 통일했을 때 희망을 가졌다. 시황제의 중앙집권 관료제도는 귀족을 없애고, 농사에 힘을 써 모든 백성이 평등하게 잘살 수 있는 나라를 만들겠다는 데서 출발했기 때문이었다.

그러나 그 기대는 곧 무너졌다. 그렇게 만든 것은 시황제의 망상에서 비롯된 강제 노역 때문이었다.

"빨리 빨리 완성해라!"

이 한 마디가 중앙에서 떨어지면 관리들은 노역장으로 보낼 인부들을 불러 모으느라고 혈안이 되었다.

강제 노역 징발 명령은 유방에게도 날벼락처럼 떨어졌다. 징발자 명단은 패의 현청에서 만들어졌다. 하지만 그 명단에 따라 사람을 징발하는 것은 정장이 해야 했다.

'하기 싫어도 직책상 해야 한다. 상부의 명령을 거역한다면 당장 끌려가 죽게 된다.'

　유방은 죽기보다 싫었지만 어쩔 수 없이 명령에 따를 수밖에 없었다.

　"내가 이런 일을 할 줄은 몰랐소. 나를 원망하지 말고 세상을 원망하시오."

　주민들에게 이 말을 할 때, 유방은 마치 자기가 큰 죄인이 된 듯한 느낌이 들었다.

　마침내 각 정장들이 징발해 온 노역자들이 패현에 모였다. 유방도 그들을 따라 패현으로 갔다. 인원 점검이 끝났을 때였다.

　"인솔 책임자는 사상 정장으로 있는 유방이오."

　앞에서 현 관리가 말했다.

　유방은 어리둥절했다. 인솔 책임자는 노역자들을 데리고 노역장에 가야 했기 때문이었다. 유방은 펄쩍 뛰었다.

　"왜 하필이면 내가 인솔 책임자입니까?"

　그러자 관리가 유방을 사납게 노려보았다. 이때 다른 정장이 한마디 거들었다.

　"당신은 키가 크고 풍채가 좋으며 인물도 뛰어나오."

그때를 기다렸다는 듯 정장들이 너도나도 웃음을 터뜨리며 박수를 쳤다. 어쩔 수 없이 유방이 노역자들의 인솔을 맡을 수밖에 없는 처지가 되고 말았다.

"그렇다면 가야지."

결국 유방은 동의했다. 인솔 책임자는 노역 현장까지 인부를 데리고 가 인계해 준 후 돌아오면 된다고 하였다.

노역자들은 밥해 먹을 취사도구까지 챙겨 들고 걸었다. 식량을 등에 진 자도 있었다. 옷은 한결같이 넝마쪽 같았다.

'저들을 데리고 어떻게 만 리 길을 갈 수 있을까?'

유방은 눈물이 날 정도로 노역자들이 가여웠고, 그들을 데리고 가야 하는 자신의 처지가 한심스러웠다. 더군다나 바쁜 농사철에 농사일은 하지 않고 아무 쓸데도 없는 노역을 하러 끌려간다고 생각하니 어처구니가 없었다.

"너희들 모두 오늘의 처지를 비관하지 마라. 세상 탓이다!"

유방은 그렇게 말은 했지만, 이런 현실이 참을 수 없을 만큼 한탄스러웠다. 걷는 자체도 부질없는 짓 같았다.

"쉬었다 가자."

유방은 무리들이 피로해 하면 먼저 아량을 베풀었다.

무리들은 그런 유방을 더욱 높이 보았다. 노역자들은 이제 유방을 인솔자가 아닌 자기들의 지도자로 여겼다. 유방 역시 그들을 노역자가 아닌 부하로 생각했다.

자기를 따르는 부하가 5백여 명. 얼핏 미꾸라지였던 자신이 용이 된 느낌이었다.

　　"내가 용이라면 하늘로 날아야 할 텐데……. 하하하."

　　유방은 혼잣소리로 중얼대며 웃음을 터뜨렸다.

　　"왜 웃으십니까?"

　　노역자들이 어리둥절해서 물었다.

　　"세상이 잘못되어 가고 있어. 그래서 웃었을 뿐이다."

　　노역자들은 유방의 말을 들으며 엉뚱한 생각들을 하기 시작했다.

'끌려가 노역을 하다 죽느니 도망칠까?'

그들은 잘못된 세상 어쩌고 하는 유방의 말을 듣고, 도망칠 것을 권유하는 암시로 받아들이고 있었다.

'세상 탓하며 따라가 바보가 될 필요는 없지.'

패현 땅을 벗어나 첫 번째 야숙할 때였다. 한밤중이 되자 짐승들의 울부짖는 소리가 들려왔다.

"이리다!"

누군가 소리치자, 잠을 자던 노역자들이 놀라 이리 뛰고 저리 뛰었다.

"이곳에서 산짐승에게 잡아먹힐 수는 없다. 도망치자!"

노역자들은 너 나 할 것 없이 도망치기 시작했다. 그러나 누구도 나서서 그들을 막으려 하지도 않았다. 유방 또한 마찬가지였다.

이튿날 날이 새어 노역자들을 세어 보니, 반 정도밖에 남아 있지 않았다.

"이 정도라도 남아 주어서 다행이군. 허허."

유방은 태평하게 웃기만 했다. 정작 놀란 건 도망치지 않은 자들이었다. 그들은 어안이 벙벙했다.

"도망친 자들은 고향에 돌아가지 못한다. 잡히면 죽을 테니까. 어디 가서 도적질이라도 하여 굶어 죽지 말아야 할 텐데……."

노역자들은 유방이 도망자들 걱정까지 해 주는 것을 보자 코가 찡해졌다.

"저런 사람이 세상을 다스린다면 얼마나 좋을까?"

"우리는 끝까지 유방 님을 따르세."

"그래. 저토록 좋은 분을 버리고 도망치면 우리가 벌을 받지."

남아 있던 노역자들은 다시 걷기 시작했다.

그날 밤은 마을 근처에서 야숙했다. 산짐승 걱정 없이 모처럼 편한 밤을 보냈다.

날이 밝자 출발에 앞서 인원 점검을 하니 놀랍게도 십여 명이 늘어 있었다. 도망쳐 봤자 살아갈 방도가 없을 것이니 밤중에 돌아온 것이었다. 유방은 또 껄껄 웃기만 했다.

유방은 돌아온 십여 명을 앞으로 불러내 등을 토닥여 주었다.

행군은 계속되었다. 차츰 걷는다는 것이 지겹고 고통스럽게 느껴지기 시작했다. 급기야 뒤로 처지는 사람도 생겼다.

"쉬고 싶은 사람은 쉬었다 오너라."

이렇게 하여 쉬겠다고 한 만큼의 숫자가 또 줄어들었다. 이렇게 가다가는 유방 자신 한 사람만이 남을 것 같았다. 노역자를 끌고 여산에 있는 시황제 수릉 공사장까지 간다는 것은 거의 불가능해 보였다.

"왜 노역자들이 요것밖에 되지 않느냐?"

현장 관리가 무섭게 추궁할 것이었다.

"제 발로 다 어디론지 가 버렸습니다."

이렇게 대답한다면 자신은 사형을 면할 수 없을 것이다. 그렇다면 어떡해야 한다? 유방의 생각은 거기에만 머물러 있었다.

그렇게 며칠을 더 갔다. 그런데 급기야 가지고 있던 돈마저도 바닥을 드러내고 있었다. 그 돈은 여행에 쓰라며 관에서 준 것이었다. 유방은 자기가 택할 길의 끝이 보이는 것 같았다.

풍서라는 마을을 통과할 때 유방은 아직도 따라오고 있는 노역자들을 모두 데리고 술집으로 갔다. 그리고 남은 돈을 몽땅 털어서 술을 마셨다.

내일 당장 삼수갑산(三水甲山, 몹시 어려운 지경)에 갈망정 노역자들은 좋아라 하며 술을 마셨다. 유방도 그들과 떠들며 마냥 술을 마셨다.

"우리가 여산까지 도착해도 살아남긴 글렀다. 그러니 이럴 때 두 다리나 실컷 쉬게 내버려두어라."

"그렇다면 우리는 죽는 바보란 말입니까?"

유방의 말에 옆에 있던 자가 물었다.

"그렇다!"

"유방 님은 살 수 있습니까?"

"살 수 있지."

"어떻게 해서 살 수 있습니까?"

"도망치겠다!"

이 말을 들은 모두는 깜짝 놀랐다. 인솔자가 도망치겠다니……. 있을 수 없는 일이었다.

유방은 이제 할 말을 다 했다는 듯 자리에서 일어났다. 그러고는 술에 취한 듯 휘청거리며 걸어 나갔다.

"죽든 살든 도망치자."

노역자들도 일어나 제각기 흩어졌다.

패현에서부터 부하 노릇하던 깜둥이가 유방의 뒤를 따라붙었다. 그러

자 십여 명이 먼발치서 식량과 솥을 메고 휘적휘적 따라왔다.

유방은 그들을 보자 마음이 든든해졌다. 잠시도 부하 없이는 살 수 없는 유방이었다.

"나를 따라 준다면 너희들은 살 수 있다. 나 또한 살 수 있다."

유방은 자기를 따르는 자들에게 희망을 불어넣어 주었다.

관으로부터 유방을 수배하여 잡아들이라는 명령은 이미 내려져 있었다. 군청에서는 군사까지 풀어 가며 유방을 잡기에 혈안이 되었지만, 어떠한 단서도 포착되지 않았다.

소하는 치안 담당 책임자로서 유방 잡는 일에 앞장서서 열심인 척했다. 자기 밑의 직속 부하인 조참과 하후영 외에 그 누구도 유방과 소하와의 관계를 알고 있는 자는 없었다.

번쾌는 매일 유방을 찾는 일에 분주했다. 그의 생각에 유방이 낯선 곳을 헤매기보다는 지형을 잘 아는 패현 가까이 와서 숨어 있을 것 같았기 때문이었다. 그러다 문득 자기가 미리 유방의 은신처를 마련해 놓아야겠다고 생각했다.

만반의 준비를 갖춘 번쾌는 부하 십여 명을 이끌고 전에 유방이 숨어 지내던 그 산속의 동굴을 찾아갔다. 동굴 안으로 들어서자 자신이 술통을 메고 왔던 때의 일이 생각나 눈시울이 뜨거워졌다.

그때 부하 중에 누군가가 말했다.

"이렇게 좋은 동굴이 있는 줄은 몰랐습니다. 세상도 시끄러운데 우리 모두 여기에 와서 삽시다."

"이곳은 전에 유방 형님께서 잠시 도(道)를 닦으시던 곳이네."

"그렇다면 더욱 좋은 장소군요. 이 동굴은 늪지대가 사방 둘러 있어 짐승들도 접근하지 못하겠고 물고기도 많을 것 같은데요."

부하의 말에 번쾌도 이곳을 은신처로 정하면 좋을 것 같았다. 그래서 다시 부하들을 더 부르고 연장 등을 갖추어 동굴을 넓히는 한편 제1, 제2, 제3의 비밀 장소를 만들었다.

그런 다음 더 깊은 탕산 계곡 사이의 넓은 평지에 군사 훈련장을 만들었다. 그곳은 평지라고는 하지만 나무가 울창하여 사람의 눈에 띄지 않았다.

번쾌는 그들의 식량을 해결하기 위해 개백정 노릇을 부지런히 하였다. 또 그의 부하들은 물고기를 잡아 시장에서 곡물과 맞바꾸어 왔다.

어느 날이었다. 번쾌가 산속에서 나무를 자르고 있는데, 후미진 곳에서 인기척과 함께 두런거리는 소리가 들려오고 있었다. 분명 부하들은 물고기를 잡으러 갔을 텐데……. 순간 무언가 번쩍이는 것이 보였다.

'앗, 저것은!'

분명 유방이 항상 쓰고 다니던 관이었다.

"형니 - 임!"

산골짜기가 쩌렁쩌렁 울렸다.

번쾌는 그쪽으로 뛰었다. 그의 눈에 바위 위에 놓인 관과 흐르는 계곡물에 얼굴을 씻고 일어서는 유방의 거대한 체구가 들어왔다.

"번쾌냐?"

유방도 금세 번쾌의 목소리를 알아들은 듯했다.

"예, 형님!"

골짜기를 구르듯이 내려간 번쾌는 유방 앞에 넙죽 엎드렸다가 일어서며 펄쩍펄쩍 뛰었다. 마치 오랜만에 주인을 만난 강아지 같았다.

"하하하, 틀림없는 번쾌로구나!"

유방도 반가워 번쾌를 끌어안았다.

그때 소하는 군 어사(특별히 사명을 띤 관리)에게 불려가 도망친 유방의 체포 건에 대해서 보고서를 작성하고 있었다. 보고서를 끝낸 후 어사의 방을 나서려 할 때 어사가 소하를 다시 불러 세웠다.

"잠깐 할 말을 잊었군. 자네도 들어서 알겠지만 황제 폐하께서 오는 정월에 이쪽으로 순행을 하신다고 하네. 그러니 이제부터 맞을 준비를 단단히 해 놓게. 서둘러야 할 것이네."

"어사님의 심려가 크시겠습니다."

"어쨌든 겹치기로 골치가 아프군. 그러니 유방 정장 도망 건만이라도 자네가 잘 처리해 놓게!"

"염려 놓으십시오."

어사 방을 나온 소하는 머리가 짓눌려 오는 것을 느꼈다. 시황제의 순행은 보통 큰일이 아니었다. 그 안에 불순세력을 없애라는 특명이 내려질 것이 분명했다. 그렇게 되면 노역자 이탈이라든가 유방 문제도 더욱 어렵게 꼬일 수 있었던 것이다.

죽어서 돌아오는 시황제

시황제가 즉위한 지 37년째 되는 해 정월이 다가오면서 승상 이사는 시황제의 순행 준비로 바빴다. 무엇보다 이번 순행은 회계 땅에 당도한 후 동해안을 따라 산둥반도를 돌아올 계획이었다.

이사는 온량거를 세 대나 준비했다.

지난번 순행에서와 같은 불상사가 일어날지도 몰랐다. 그때는 두 개의 온량거 중 두 번째 온량거에 시황제가 타고 있어서 망정이었지 하마터면 큰일을 당할 뻔했던 것이다.

순행의 행렬이 박랑사에 다다를 무렵이었다. 길가 나무 둥지에 숨어 있던 괴한이 나타나 앞선 온량거를 향해 120(약 72킬로그램)근이나 되는 쇠몽둥이를 날렸다. 쇠몽둥이를 맞은 온량거는 박살이 났다. 하지만 시황제는 운 좋게도 두 번째 온량거에 타고 있어서 죽음을 면할 수 있었다.

그 괴한은 그 자리에서 무사들의 칼을 맞고 처참하게 죽었지만, 다행히 주위에 숨어 있던 동행자를 찾아내서 그 일을 꾸민 사람이 장량(張良)이라는 것을 밝혀 낼 수 있었다. 그러나 전국에 수배를 내려 장량을 찾고 있었지만 지금까지도 감감 무소식이었다.

이사는 그때를 생각해서 세 대의 온량거를 준비했다. 특히 이번 순행은 과거 초나라였던 강남으로 가게 되어 있었다. 그곳은 어느 지역보다 민심이 흉흉할 뿐만 아니라 반란의 기미가 있다는 보고도 종종 올라오는 곳이었다. 게다가 그 지역에 천자(天子)가 나올 기운이 돈다는 풍문도 있었다.

온량거는 앞과 좌우에 여러 개의 창문을 달아 이를 여닫음으로써 냉온을 조절할 수도 있었다. 또 시황제가 편히 앉을 수 있는 옥좌와 침상도 마련해 놓았다. 순행 내내 시황제는 온량거 안에서 잠을 잘 것이었기 때문이었다. 그것은 안전을 위해서였다. 군수나 현감의 집이라 할지라도 믿을 수 없었던 것이다. 하지만 온량거 안에 있다면 시위 무사들로 철통같이 지킬 수 있었다.

아무튼 시황제의 순행 목적은 자기의 위엄을 떨치며 백성의 안위를 살피기 위한 것이었지만, 시황제가 거쳐 가는 그 지역 주민들에게 있어서는 피고름 짜는 고통만 안겨 줄 뿐이었다.

장량은 자(字)가 자방(子房)으로 과거 한(韓)나라에서 5대째 재상을 배출한 집안에서 태어났다.

한나라가 진나라에 의해 망했을 때 장량은 나이가 어려 관직에는 나가지 않았지만, 진나라 군사들이 얼마나 처절히 국토와 집안을 짓밟았는지 두 눈으로 똑똑히 보았다.

당시 그의 집안은 부리는 사람만도 3백여 명이 넘었으며 재산도 많았다. 하지만 그 모든 부귀영화가 진나라에 의해 모두 사라져 버리고 만 것이다.

어린 장량은 진이라는 말만 들어도 증오심이 불같이 타올랐다. 한나라의 왕가(王家)를 다시 일으키고 조상의 원수를 갚겠다고 굳게 결심했다.

'내가 꼭 진나라를 멸망시킬 것이다.'

그는 복수심을 키워 나갔다.

드디어 시황제의 순행이 시작되었다.

시황제는 이번 순행에 큰 기대를 걸고 있었다. 그것은 동해에 이르면 서복이 봉래산의 영생불사 불로초 약을 가지고 자기를 맞으리라 믿었기 때문이었다.

그러한 시황제와는 달리 환관 조고는 다른 생각을 하고 있었다.

그는 시황제가 건강이 극도로 악화되어 이번 순행 길에서 죽을 것이라고 예측하고 있었다. 그래서 시황제의 막내아들인 호해 황자를 대동시켰다.

호해 황자는 어렸을 때부터 조고가 가르쳐 왔다. 그렇기 때문에 호해 황자를 다음 황제로 만들어 자신의 욕망을 채우려는 계획을 따로 세우고 있었다.

순행의 행렬 가운데에는 각 네 필의 말이 이끄는 온량거 세 대가 일정한 간격을 두고 굴러갔다. 어느 온량거에 시황제가 타고 있는지는 조고 이외에는 아무도 몰랐다.

그 뒤로 문무백관들이 수레로 혹은 걸어서 따르고, 문무백관의 앞뒤로는 무장을 갖춘 병사들이 깃발을 들고 나아갔고, 맨 앞과 맨 뒤는 철기병이 배치되어 삼엄하게 경계를 펴며 행진했다.

그뿐만이 아니었다. 행렬의 좌우 십여 리에 걸쳐 민간인으로 변장한 병사들이 따르며 행렬을 호위했다.

일반 백성들은 시황제의 순행 행렬과 멀리 떨어져 행렬 쪽을 바라보며 절을 올려야 했다. 대부분은 관청에서 동원하기도 했지만, 화려하고 거창한 순행 행렬이 보고 싶어 스스로 나선 사람들도 많았다.

순행이 시작된 지 3개월쯤 되었을 무렵이었다. 유방은 여전히 사수 땅에 있는 탕산에 숨어 지내고 있었는데, 마침 시황제의 순행 행렬이 근처를 지나게 되었다. 소하는 유방에게 은거지(세상을 피해 숨어서 사는 장소)에서 꼼짝도 말라고 여러 차례 당부했다. 그러나 유방은 시황제의 순행 행렬을 보고 싶어 번쾌와 함께 멀리 행렬이 보이는 곳까지 나섰다.

진나라의 검은 깃발이 나부끼고 병사들의 갑옷이 햇빛을 받아 번쩍였다. 유방은 멀리서 그 거대한 행렬을 바라보며 잠시 넋을 잃었다. 그리고 자기도 모르는 사이에 중얼거렸다.

"나도 마땅히 저렇게 되어야 한다."

은거지로 돌아온 유방은 그날따라 말도 없이 무언가를 골똘히 생각하는 모습으로 먼 산만 바라보고 있었다.

한참이 지나 어느새 깜깜한 밤이 찾아왔다. 그런데 갑자기 유방이 벌떡 일어나더니 혼자서 술을 마셔 대기 시작했다.

황제는 조고가 예측한 대로 점점 쇠약해져 가고 있었다. 시도 때도 없이 불로초 타령만 하다가 기절했다가 깨어나기를 반복했다. 그러나 이 사실을 아는 것은 시황제와 함께 온량거에 갇혀 지내는 시녀들과 환관 조고뿐이었다.

며칠 뒤 순행 행렬이 회계에 이르렀을 때, 항우(項羽)와 그의 숙부 항량(項梁)도 많은 인파 속에서 행렬을 구경하고 있었다.

순행 행렬은 악사들이 연주하는 악기 소리와 함께 그들 앞을 지나갔다. 세 대의 온량거는 호화롭기 그지없었다.

그 온량거를 왕방울 같은 눈으로 뚫어지게 바라보던 항우가 느닷없이 큰 소리로 말했다.

"내가 저놈을 대신할 것이다."

항우 자신도 모르는 사이에 튀어나온 말이었다. 그 소리에 주위 사람들이 항우를 바라보았다. 그러나 그 소리에 화들짝 놀란 사람은 정작 숙부 항량이었다. 항량은 재빨리 항우의 입을 틀어막으며 뒤쪽으로 끌고 갔다.

"이놈아, 죽고 싶으냐? 천방지축으로 날뛰는 놈은 쥐도 새도 모르게 죽는다."

항우는 숙부가 하는 말의 의미를 알고 있었다. 힘만으로는 어떤 꿈도 이룰 수 없다는 소리를 얼마나 자주 들어 왔던가!

"저도 모르는 사이에 튀어나온 말입니다. 그러나……."

"듣기 싫다. 이곳을 빨리 떠나자."

항량은 항우가 또 어떤 일을 저지를지 몰라 불안하기만 하였다.

항우는 항량을 따라가면서도 시황제가 위대한 사람이라고는 생각지 않았다. 그저 다만 진의 왕족으로 태어나 운 좋게 왕이 되었고, 6국을 멸한 후 스스로 황제가 되었을 뿐이다. 그렇다면 자기도 때를 잘 만나면 황제가 되지 말란 법이 없을 것이었다.

순행 행렬은 바다를 따라 계속 북쪽으로 올라가고 있었다.

"결국 서복은 바다의 신에게 잡혀 돌아오지 못하는 것인가? 수신(水神)이 용으로 변해 내 앞에 나타난다면 내가 큰 활을 쏘아 죽일 것인데……."

시황제의 건강은 급속히 악화되기 시작하였다. 그리고 끝내는 자리에 누워 숨을 몰아쉬는 지경에 이르렀다. 시황제 자신도 이제는 죽을지도 모른다는 생각을 하게 되었다.

　얼마 후 문득 의식이 또렷이 든 시황제는 자기가 국경 수비대로 내쫓은 큰아들 부소를 떠올렸다.

　"중거부령 조고야!"

　"예, 폐하."

　죽은 듯이 누워 있던 시황제가 자기를 또렷이 부르자 조고는 깜짝 놀라서 대답했다.

　"지금부터 내가 하는 말을 받아 쓰거라."

　"예, 폐하! 말씀하시옵소서."

　"부소는 몽염 장군에게 군단의 일을 맡기고 함양으로 돌아와 나의 유해(죽은 시체)를 맞아 장례를 주관토록 하라."

　조고는 시황제의 말을 받아 써 내려갔다.

　시황제의 유언(마지막 남기는 말)이었다. 조고는 무슨 말을 꺼낼 수가 없었다. 그저 천하통일의 대업을 이루고 불로초를 구해 불로장생, 영생불사(죽지 않고 영원히 살다)를 꿈꾸던 절대 권력자가 자기 앞에서 죽어가고 있었다.

　하지만 조고의 머리는 빠르게 돌아갔다. 그는 황제가 죽은 것을 비밀로 하고 앞으로를 대비해야 한다고 생각했다.

"영생불사……."

시황제의 입에서 희미하게 흘러나오는 소리를 들었다.

"폐하……."

조고가 시황제의 얼굴로 손을 가져갔다. 온기를 잃은 싸늘한 감촉이 조고의 손바닥을 타고 전신에 흘렀다.

시황제 37년(BC 210년) 7월 병인날.

절대 권력자 시황제는 죽지 않고 영원히 살겠다는 영생불사의 꿈을 끝내 이루지 못하고 마흔아홉 살을 일기로 죽었다.

조고는 황제의 죽음을 혼자만 알고 있을 수는 없었다. 그러나 우선은 온량거 안에서 황제의 죽음을 지켜본 시녀와 환관들에게 황제 죽음에 대해 입만 뻥긋해도 목이 달아날 것이라고 협박했다. 그리고 승상 이사와 호해 황자를 은밀히 데려오게 했다. 이사 또한 조고 못지않게 머리회전이 빨랐다.

"지금은 황제의 죽음을 절대 비밀에 붙여야 하오. 황제 폐하의 후사인 태자가 정해지지 않은 마당에 여러 황자들에게 이 일이 알려진다면 나라에 큰 변란이 일어날 것이오."

"옳은 말씀이오. 그러니 평소 하던 대로 의식을 차리고 빨리 함양으로 돌아가기로 합시다."

우선 이사와 조고는 호해 황자를 대동하고 일의 순서를 가닥 잡았다.

그리고 며칠 후, 조고는 황제의 유언에 옥새가 찍힌 편지를 호해 황자

와 승상 이사 앞에 내놓으며 입을 열었다. 그는 그때까지도 큰아들인 부소에게 그 편지를 보내지 않았던 것이다.

"저에게 폐하께서 운명하시기 전 부소 황자에게 보내라는 편지가 있습니다."

"그런데 왜 아직 보내지 않으셨소?"

호해 황자는 영문을 몰라 했으나 조고와 이사는 서로 눈을 맞추었다. 그리고 조고가 아주 조심스럽게 주위를 물린 후 조용한 목소리로 은밀하게 말했다.

"이 편지에는 부소 황자에게 다음 황제의 지위를 준다는 시황제의 유언이 담겨 있습니다. 자, 생각해 보십시오. 우리들이 조정에서 공론하여 부소 황자를 변방으로 내친 것이나 마찬가지인데, 그가 우리들을 가만 두겠습니까? 만약 부소 황자가 황제가 되면 우리는 모두 죽은 목숨일 것입니다."

그러자 눈을 내리감고 있던 승상 이사가 말을 이었다.

"여기에는 호해 황자만이 계십니다. 그리고 황실에는 여러 황자들이 호시탐탐 기회를 엿보고 있습니다. 이 일이 자꾸 확대되면 될수록 나라는 큰 혼란에 빠질 뿐입니다. 그러니 호해 황자께서는 함양에 도착하시는 즉시 황제의 지위에 오르십시오. 그 길만이 나라를 구하는 길입니다."

호해 황자는 아무 말도 하지 못한 채 눈만 깜박거렸다.

"우린 이제 목숨이 다하는 날까지, 아니 죽어서도 오늘의 일을 비밀에 붙여야 할 것이오."

116

"물론이지요."

조고와 이사가 쐐기 박듯 말을 주고받았다.

"지금 당장 처리해야 할 일은 부소 황자와 몽염 장군에 대한 것입니다. 시황제 폐하의 어명으로 처리합시다."

호해 황자는 이사를 둘러보며 말했다.

"처리한다면 어떻게 하자는 것이오?"

호해 황자의 목소리가 떨려 나왔다.

"불효막심하고 신하된 자로서 불충하다는 이유를 들어 '여기 하사하는 칼로 자결하라'고 황제의 칙사를 보내면 됩니다."

조고의 계획에는 빈틈이 없었다. 이로써 세 사람의 모의는 끝이 났다. 그날 바로 시황제의 옥새가 찍힌 칙서를 측근의 사자에게 주어 국경 수비대에 보냈다.

그로부터 며칠 후 칙서를 받아 본 부소와 몽염 장군은 억울함을 호소하기도 하고, 울분을 토하기도 했다. 하지만 결국은 하사한 칼로 자결하고 말았다.

시황제가 죽은 지 두 달이 지나서야 순행 행렬은 함양으로 돌아왔다. 그리고 곧 시황제가 붕어(황제가 세상을 떠남)했다는 것을 발표하고 여산의 능묘에 안치했다.

땅속 깊이 파고 들어간 묘실은 궁전처럼 꾸며졌다. 그리고 궁중의 보물창고에서 진기한 보물들을 가져다가 그 안에 진열했다. 수은(水銀)으로 채운 개천과 강을 만들고, 사람 기름을 연료로 해서 불을 밝혔으며, 능묘의 주위 80여 리에 땅을 판 후 시황제를 호위하던 병사들의 모습을 흙으로 빚어 함께 묻었다.

그뿐만 아니었다. 묘실의 내부 공사가 완료되는 날, 기술공들이 밖으로 나오기 전에 문을 닫아 버렸다. 결국 기술공들은 한 사람도 살아남지 못하고 생매장당했다. 그런 다음 그 능묘에 나무를 옮겨 심어서 외관상 여느 산과 같이 보이게 했다.

호해 황자는 시황제가 거느렸던 황비와 후궁들을 그대로 살려 둘 수 없다고 생각했다. 그래서 모두 자결하라고 명령을 내렸다.

아무튼 시황제의 능묘 작업은 호해가 황제에 즉위한 후 최초로 벌인 일이었다. 그때 2세 황제 호해의 나이 스물한 살이었다.

반란의 기운은 들불처럼 일어나고

2세 황제는 우선 평소 자기와 가깝게 지내던 자들로 하여금 정권을 운영토록 하였다. 조고를 낭중령(최고의 관직)에 임명하여 나랏일을 총괄케 했다. 승상 이사보다는 자기를 어렸을 때부터 돌봐준 조고를 더욱 신임했기 때문이었다.

새해가 되었지만 조정은 여전히 살벌했다. 간혹 누가 나랏일에 간섭하기라도 하면 국가 비방했다는 죄로 감옥에 들어가거나 처형되었다. 때문에 관리들은 고개 숙인 채 아첨만을 일삼았다.

그 대신 백성들 역시 날로 가혹해지는 법령과 각종 세금에 허덕여야 했지만 불평 한 마디 할 수조차 없었다.

어느 덧 4월, 가장 바쁜 농사철이 되었다. 그러나 조고는 황제에게 아첨을 떨며 이렇게 말했다.

"시황제께서 아방궁 건축을 시작만 하시고 완성을 보지 못하신 채 돌아가셨습니다. 아방궁 건축을 방치해 두면 시황제께서 벌여 놓으신 사업을 비판하는 것처럼 보일 수 있습니다."

"물론이요. 낭중령이 재촉해서 빨리 마무리 짓도록 하시오."

2세 황제의 명으로 아방궁 건축이 다시 시작되었다. 그뿐만 아니라 시황제가 했던 대로 북방 오랑캐를 정벌했고, 만리장성 축조에도 열을 올렸다.

이로 인해 전국에는 또다시 부역을 위한 대동원령이 내려졌고, 일할 수 있는 사람은 모두 끌려가게 되었다.

특히 부역자들에게 자기의 식량을 스스로 부담케 함으로써 온 나라 농촌은 심각한 식량난에 빠졌다.

그러자 처음에는 2세 황제의 법령에 눌려 꼼짝 못하던 백성들도 점차 항거의 깃발을 올리기 시작했다.

7월, 병사(兵士)인 진승은 북방 수비를 위해 징발된 9백여 명의 병졸을 인솔하여 어양으로 가고 있었다.

그런데 그들이 대택향이라는 곳에 이르렀을 때 갑자기 큰비가 내리기 시작했다. 한번 내리기 시작한 비는 며칠이 지나도록 그칠 줄 몰랐다. 결국 길이 끊기고, 오도 가도 못하는 신세가 되었다. 몇 날 며칠이고 비가 그치질 않았다.

"큰일이군."

진승이 친구인 오광에게 말했다.

"이러다가 우리 모두 죽는 게 아닐까?"

오광도 안절부절하기는 마찬가지였다.

　징발된 병사나 토목공사에 부역된 자들이 정한 기일 안에 목적지에 도착하지 못하면 전원 사형에 처함.

　진나라의 모든 백성들, 심지어 어린아이들까지도 이 법을 달달 외우고 있는 실정이었다.

"늦게 가서 개죽음을 당하느니 도망칠까?"

"도망친들 살겠는가? 고생만 더 하다가 잡혀 죽게 되겠지."

　병졸들은 이곳저곳에 웅크리고 앉아 웅성거렸다. 그러면서 절망의 눈길로 진승과 오광을 바라보았다.

　진승은 가난한 집에서 태어나 어느 부잣집의 머슴살이를 하며 자랐다. 그러나 그는 힘도 세고 의리도 있었다. 그래서 머슴들은 그를 우두머리로 여기고 그의 말을 잘 따랐다.

병사가 된 그에게는 꿈이 있었다. 군에서 출세하여 장군까지는 아니더라도 부장이 되는 것이었다. 그러나 이 장맛비가 그 꿈까지 떠내려 보내고 있는 것이다.

이때 진승이 오광을 바라보며 눈에 빛을 발했다.

"오광, 우리는 살아야 하네!"

"무슨 방법이라도 있나?"

"어차피 사람은 한 번 태어나 한 번 죽는다네. 불로초를 구해 영생불사하려던 시황제도 죽지 않았는가. 어차피 죽을 목숨이라면 난 결코 이대로 죽고 싶지 않네."

"나도 죽고 싶지 않네."

"그렇다면 나와 함께 손을 잡고 일어서세. 여기 9백여 명이 우리와 뜻을 함께하고 일어선다면 무서울 것이 없을 것이네."

진승은 병졸들을 한자리에 모이게 한 후 그들을 향해 소리쳤다.

"모두들 들으시오. 우리는 도저히 정한 기일 내에 어양까지 갈 수 없습니다. 그 뒤에 간다면 우리는 모두 죽게 될 것입니다. 하지만 도망친다고 해도 잡혀 죽기는 마찬가지일 겁니다. 게다가 가족까지 몰살당하겠지요. 이제 우리에게는 한 가지 길밖에 없습니다. 우리 모두 진나라의 포악한 정치에 맞서서 일어서는 것입니다. 그러면 하늘이 돕고 천하가 우리를 따를 것입니다. 그러나 제 말에 따르고 싶지 않다면 지금 당장 도망치십시오."

병졸들은 아무 말이 없었다. 빗소리만 '쏴아!' 들렸다.

그때 누군가 큰 소리로 말했다.

"반역입니까?"

여기에서의 반역은 통치자에게서 권력을 빼앗으려고 하는 것을 뜻한다.

"그렇습니다. 반역입니다. 왕후장상(王侯將相, 제왕과 제후, 장수, 재상을 이름)이 되라고 처음부터 정해진 사람이 따로 있겠습니까?"

'왕후장상의 씨가 따로 있나'라는 말은 '높은 자리에 오르는 것은 자신의 노력에 달려 있다'는 말이다.

이 말은 병졸들의 가슴속에 우렛소리처럼 부딪쳐 왔다. 마치 용광로의 불길처럼 그들의 가슴이 뜨겁게 타오르기 시작했다.

"여러분, 우리는 왜 태어나면서부터 진나라의 폭정 아래에서 개돼지처럼 살아야 됩니까? 진나라를 박살 냅시다!"

병졸들은 환호성을 지르며 충성을 맹세했다.

비가 서서히 그치고 있었다. 마침내 진승과 오광은 중국 천지에 반란의 불길을 당기는 첫 발자국을 내딛게 된 것이다.

진승은 우선 굶주린 병졸들을 배불리 먹여야 한다고 생각했다. 그래서 밤을 이용하여 가까운 현청을 급습한 후, 손쉽게 관고(곳간)를 열었다. 그런 다음 군사들의 조직 편재를 다시 짰다.

"우리는 군청을 점거해서 더 많은 군량(군대의 양식)을 확보해야 한다. 또 그래야만 공적에 따라 전리품을 나눠 가질 수 있다. 그러나 백성들에게 피해를 주는 자는 그 자리에서 처형할 것이다. 만약 백성들이나 진나라 군사 중에서 우리의 뜻과 함께하겠다고 찾아오는 자가 있으면 무조

건 받아들인다!"

진승의 군사는 하루가 다르게 그 수를 더해 갔다. 그리고 진승과 오광이 거사(난을 일으킴)했다는 소문은 부풀릴 대로 부풀려져서 금세 온 진나라에 들불처럼 퍼져 나갔다.

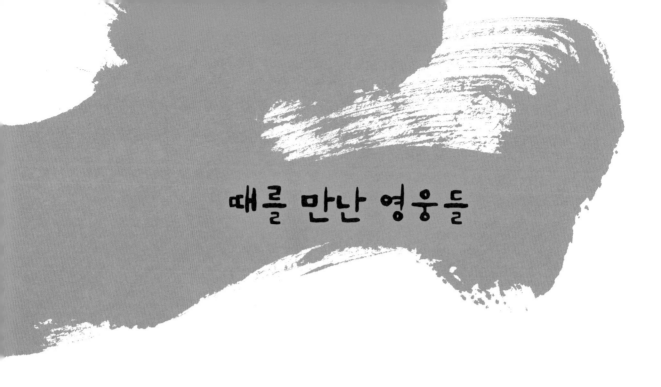

때를 만난 영웅들

**한편 강남의 오중 땅에도** 반란의 기운이 감돌고 있었다.

항량은 이제 그때가 왔다고 여겼다.

항량은 '군사를 일으킨다'는 말을 누구에게도 하지 않았지만, 항우만은 이를 눈치 채고 있었다. 항우는 물을 만난 고기처럼 생기가 넘쳤다. 그러자 항량은 긴장을 늦추지 않고 조카에게 자중(몸가짐을 신중히 함)하라고 타일렀다.

"서둘지 말아라!"

"이제 조금만 기다리면 신나게 활개칠 때가 오겠지요?"

"그래, 네가 바빠질 날이 곧 온다. 그때까지는……"

항우를 쏘아 보는 항량의 시선이 날카로워졌다.

항우는 더 이상 입을 열지 않았다.

항량은 마을 사람들을 모아 놓고 큰 소리로 말했다.

"강북에서 일어난 반란군이 곧 들이닥칠 것입니다. 그들은 식량을 해결하기 위해 이곳 회계군을 먼저 확보하려 들 것입니다. 그들이 쳐들어오면 곡물만 약탈당하는 것이 아닙니다. 여러분들의 아내와 딸들을 겁탈하고 죽이며, 온 마을을 불바다로 만들 것입니다. 이제 우리는 그들과 맞서 스스로 싸워야 합니다!"

항량의 말에 주민들은 모두 주먹을 불끈 쥐고 '가만히 앉아서 당할 수는 없으며 맞서 싸워야 한다'고 외쳤다.

항량은 곧 부하들을 소집하여 자신들의 고장을 스스로 지키기 위한 자위대를 조직했다. 자위대 대장이 된 항량은 누가 보아도 믿음직스러웠다. 이 무렵 회계군의 어사인 은통은 불안에 떨고 있었다.

'불똥이 언제 이곳까지 튈지 모른다.'

불안감은 차츰 공포로 변하여 안절부절못하게 하였다.

'반란군은 맨 먼저 군 관청을 습격할 것이고, 군사들까지 그들과 합세하여 나를 죽일 것이었다. 하지만 그러기 전에 내가 먼저 군사를 모으고 반란군이 되어 함양으로 쳐들어간다면, 황제가 되지 말란 법이 어디 있겠는가'.

엉뚱한 영웅심이 꿈틀거렸다.

'항량을 이용하자.'

그를 끌어들인다면 오중 땅에서 군사를 모으기는 그리 어렵지 않으리라는 생각이 들었던 것이다. 은통은 항량을 은밀히 불렀다.

항량이 외출할 채비를 차리자 항우도 급히 따라나섰다.

은통은 항량이 오자 신중하게 그의 얼굴을 살피며 천천히 입을 열었다.

"혼자만 새겨들으시오. 강북의 반역도당들이 날로 세력을 더하고 있소."

"그래요?"

항량은 이미 알고 있는 사실이었으나, 놀라는 척했다. 은통은 차츰 엉큼한 속내를 드러내기 시작했다.

"항 공, 나와 손을 잡읍시다. 내 판단으로는 진나라의 앞날이 어둡소. 진이 망해 가고 있단 말이오!"

"무슨 말씀을……, 그럴 리가 있습니까?"

"아니오. 민심은 하늘의 뜻인데 이미 민심은 진나라를 떠났소. 항 공이 나를 도와준다면 즉각 군사를 일으킬 생각인데 어떻게 생각하시오?"

항량은 은통의 말에 깜짝 놀랐다.

진나라의 직속 지방장관이라는 자가 자기의 처지가 불리하다 하여 황제를 배반하려 하다니 믿어지지가 않았다. 그러나 은통의 결심은 굳어 있었다.

"우물쭈물하다가는 내가 죽을 판이오. 언제 반역의 무리들이 내 목을 치려고 달려올지 모를 일이오."

항량은 대꾸할 말을 잊고 눈만 껌벅였다.

"나는 항 공을 믿소. 거기에 항 공이 힘을 써서 환초까지 데려온다면 우

128

리 계획은 이미 성사된 것이나 다름없소."

환초는 그 지방 불량배의 우두머리였다. 은통은 그런 환초까지 끌어들일 생각을 했던 모양이었다.

항량은 꽤나 불쾌했지만, 내색은 하지 않았다.

"환초는 지난번에 큰 사고를 쳐서 숨어 지내고 있습니다. 지금 그 행방을 아는 사람은 제 조카 항우뿐일 겁니다. 지금 밖에 있는데……."

"그렇다면 어서 데려오시오! 한시가 급하오."

항량은 은통에게 떠밀리듯 방을 나왔다. 항량은 은통의 속마음을 알면서부터 이제 때가 왔다고 생각했다.

"숙부님!"

청사 밖 뜰에 서 있던 항우가 다가섰다.

"좀 더 가까이 이쪽으로 오너라."

항량은 사람 눈을 피해 항우에게 속삭였다. 항우의 얼굴이 금세 굳어졌다. 항량과 항우의 속삭임은 한동안 계속되었다.

"칼은 은통의 것을 써라. 그가 앉은 옆자리에 놓여 있다."

"알았습니다, 대장님!"

항우는 항량을 숙부가 아닌 대장으로 바꿔 대답했다.

항량은 항우를 데리고 태연하게 은통

의 방으로 갔다. 은통은 항우를 보자 흡족한 미소를 지었다.

'힘깨나 쓰겠군.'

항량은 은통에게 항우를 소개했다.

"이 녀석이 제 조카 항우입니다."

"오, 항 공에게 이렇게 늠름한 조카가 있을 줄은 몰……, 헉!"

은통은 말을 끝까지 할 수 없었다. 말이 채 끝나기도 전에 항우의 몸이 번개처럼 뛰어오르더니 은통의 칼을 빼어 그의 목을 '뎅강' 베어 버렸기 때문이었다.

항량은 침착하게 피를 뿜으며 늘어진 은통의 허리에서 어사의 인수(지방장관 인장이 달린 끈)를 낚아챘다. 그리고 항우에게 지금부터 해야 할 일을 설명했다.

"용기를 내라. 물러서면 끝이다!"

"믿어 주십시오."

항량과 항우는 어사의 방을 나왔다.

항우의 손에는 핏물이 뚝뚝 떨어지는 은통의 큰 칼이, 항량의 손에는 은통의 머리가 들려 있었다. 이를 본 문지기가 우물쭈물 뒷걸음질치며 창을 꼬나 쥐었다.

"무슨 일이냐?"

문지기가 잔뜩 겁에 질려 물었다.

"없앨까요?"

항우가 묻자 항량이 고개를 끄덕였다.

"하아압!"

뛰어오른 항우는 단칼에 문지기의 어깻죽지를 갈랐다. 문지기는 비명도 지르지 못하고 나뒹굴었다.

항우가 창을 주워 들자 항량은 그 창끝에 은통의 목을 꿰었다. 항우는 재빨리 관리들이 일 보는 정청을 가로질러 항량을 제일 높은 곳으로 데려갔다. 은통이 집무를 볼 때 앉는 자리였다.

그때 누가 알렸는지 무장한 군사들이 들이닥쳤다.

"꼼짝 마라, 이놈들!"

항우의 고함 소리에 군사들이 움찔했다. 항우의 거대한 체구와 고함에 이미 사기가 꺾여 버린 듯했다.

그때 단 위에 선 항량이 소리쳤다.

"자, 보아라! 이것이 반역자 은통의 목이다. 내가 누구인지는 여기 관리들이 모두 다 알 것이다. 내가 이곳에 온 것은 어사가 불렀기 때문이다. 어사 은통은 나에게 황제 폐하를 배반하고 반역을 일으키자고 하였다. 그런 어사를 어찌 살려 두겠는가. 나는 황제 폐하의 어명을 받드는 마음에서 어사의 목을 베었다. 나는 곧 함양으로 사자를 보내 황제 폐하께 보고할 것이다."

"그렇다고 목을 벤 것은……."

은통의 측근 관리들 몇이 웅성거렸다.

"이놈들! 이 칼은 하늘이 내려 준 보검이다. 죽고 싶은 자 있으면 나와라. 자! 모두 무릎을 꿇고 하시는 말씀 똑똑히 잘 들어라, 이놈들!"

관리들은 항우가 들고 있는 칼보다도 고함 소리가 더 두려웠다. 그래서 무릎을 꿇은 채 항량을 바라보았다.

"여러분들은 내가 잘못했다고 생각하시오?"

항량의 말에 여기저기서 잘한 일이라고 대답했다.

"그렇다면 황제로부터 칙명이 내려올 때까지 이곳 회계군 어사 직을 대행하겠소."

말을 마친 항량은 은통의 머리를 구석으로 던진 후 단 아래로 내려가서 평소 낯익은 자들을 일으켜 세웠다.

"자네들이 좀 도와주게."

"염려 마십시오."

항량과 친분이 있는 관리들은 항량이 하는 일에 적극 돕겠다고 다짐했다. 이때 밖이 소란스럽더니 항량의 자위대가 몰려왔다.

"항량 어사 만세!"

"우리 대장 만세!"

만세 소리가 찌렁찌렁 울려 퍼졌다. 자위대의 기세는 하늘을 찌를 듯했다. 그 조직은 진나라 정규군에 못지않았다.

항량은 우선 군정의 회계 질서부터 잡아 나갔다.

며칠이 지나지 않아 항량이 반역을 꾀하는 어사 은통의 목을 자르고 어사 직을 대행하고 있다는 소문이 회계군 구석구석까지 널리 퍼졌다.

이제 항량은 각 현을 장악해야 한다고 생각했다. 그 총책임자는 물론 항우가 맡았다.

"이제부터 항량 어사의 말에 따라야 합니다. 알겠습니까?"

항량의 부하가 전하는 말은 간단명료했다. 이러쿵저러쿵 설명할 필요가 없었다.

"알았습니다!"

각 현의 수장들은 명령에 따를 수밖에 다른 도리가 없었다.

이렇게 회계군의 어사가 된 항량은 이번에는 민심을 끌어들여야 한다고 생각했다. 민심을 끌어들이는 데는 무엇보다도 가난한 자들에게 곡식을 베풀어 인심을 얻는 것이 가장 좋은 방법이었다.

"창고를 열어라. 끼니조차 제대로 잇지 못하는 백성들에게 곡식을 골고루 나누어 주어야 한다."

베푸는 덕은 강압적인 권력보다 백성들의 마음을 더욱 강하게 잡아끌었다.

"아이고, 이렇게 고마울 데가 어디 있습니까?"

여기저기에서 항량을 칭송하는 소리가 드높았다.

한편 진승의 반란군은 나라를 세운 후 나라 이름을 새롭게 태어난 초나라라는 뜻으로 장초(張楚)라고 했다. 그리고 진승은 스스로 장초의 왕이 되어 진왕(陳王)이라 부르게 하였다.

갈수록 장초군의 기세는 등등했다. 군사들은 이제 반란군이 아니라 진나라를 멸하는 군대로서의 자긍심을 가지고 싸웠다.

장초군이 함양을 쳐들어오는 데도 2세 황제 호해는 아무것도 모르고 있었다. 조고가 대신들과 2세 황제 사이를 가로막고 있었기 때문이었다.

낭중령 조고는 차츰 초조해지기 시작했다. 처음 그는 진승의 반란군을 일부 불순한 백성들의 가벼운 소란으로 여겼다. 그러나 그것이 아니었다. 진승의 장초군은 이제 함양의 관문이라 할 수 있는 함곡관까지 몰려와 있었던 것이다.

다급해진 진나라 조정에서는 공사장 옥에 갇힌 죄수들을 예비군사로 편성한 후 장한(章邯)을 대장군으로 삼아 출전시켰다.

패 땅을 차지한 유방

진승으로 인한 반란의 파장은 유방이 있는 사수군
에서도 밀어닥쳤다.

　사수군의 패현 현령은 밤잠을 이루지 못할 정도로 불안
했다. 여러 현에서 폭도들이 들고 일어나 현령을 죽이고 진
승의 장초군에 합류한다는 소문 때문이었다.

　현령은 진나라를 믿을 수 없었다. 차라리 패현의 땅을 진승에게 몽땅
바치고 그의 부하가 되는 게 낫다고 생각했다. 결심을 굳힌 현령은 심복
인 소하와 조참을 은밀히 불렀다.

　"이곳 패도 언제 폭도들이 들고 일어날지 불안하오. 차라리 진승에게
바치는 것이 어떻겠소?"

소하와 조참은 당황했다. 진나라로부터 녹을 먹는 현령이라는 자가 이처럼 쉽게 배반할 것이라고는 생각하지 못했던 것이다. 하지만 한편으로는 유방과 자기들에겐 절호의 기회가 될 것 같았다.

소하가 한참 동안 생각하는 듯 눈을 감고 있다가 천천히 입을 열었다.

"진나라로부터 배척당해 현 밖으로 도망친 자들을 불러들여 잘 설득하는 편이 어떨는지요?"

"참 좋은 의견이오. 그렇다면 누구를 데려온단 말이오?"

"유방입니다."

"아! 알 만하오. 속히 서두릅시다. 당장에라도 폭도들이 들이닥칠까 두렵소."

"염려 마십시오."

현청에서 나온 소하는 급히 번쾌를 찾아갔다.

"번쾌, 때가 왔네."

"때가 오다니요?"

번쾌가 의아한 표정으로 물었다.

소하는 번쾌에게 자초지종을 말하고는, 유방과 유방의 부하들을 모두 데리고 빨리 패로 돌아오라고 했다. 번쾌는 유방이 숨어 지내는 곳으로 나는 듯이 달려갔다.

번쾌의 말을 들은 유방은 뛸 듯이 기뻐했다.

"하하하, 드디어 용이 구름을 만나게 되었군."

유방보다 더욱 기뻐한 것은 옹치를 비롯한 1백여 명의 졸개들이었다.

"유방 님, 이제 저도 힘을 쓸 때가 되었나 봅니다."

부하 중에 가장 뛰어난 옹치가 신이 나서 소리쳤다. 옹치는 풍읍에서 징병에 끌려가다가 호송병을 때려눕히고 도망친 자였다.

그런데 하룻밤 사이에 일이 잘못되어 현령의 마음이 바뀌었다. 현령 주위에 있던 자들이 '유방을 끌어들이면 자기들 목숨이 위험하다'고 했던 것이었다. 결국 그들은 유방을 끌어들이자고 했던 소하와 조참을 모함했다. 때문에 소하와 조참은 쫓기는 몸이 되어 가까스로 성벽을 기어 넘어 몸을 숨겼다.

하지만 유방은 밤사이 상황이 뒤바뀐지 몰랐다. 다행히 유방과 그 일행이 용감무쌍한 기세로 패현 성문 앞에 도

달했을 때 도망친 소하와 조참을 만났다.

소하로부터 전후 사정을 전해 들은 유방은 별로 놀라는 기색이 없었다.

유방과 소하, 조참, 번쾌와 옹치는 서로 머리를 맞대고 앞으로 어떻게 해야 할지를 의논했다.

"아예 성벽을 뛰어넘어 쳐들어갑시다!"

옹치가 침까지 튀겨 가며 외쳤다.

"그렇게 서두를 일이 아니네. 우리가 성벽을 넘어간다면 주민들은 우리를 폭도로 여길 것이 아니겠는가. 그보다는 민심을 우리 쪽으로 끌어들여야 할 것이네."

소하가 옹치를 나무랐다.

다음 날, 소하는 유방의 이름으로 〈패현 장군들에게 보내는 궐기문〉을 화살에 매달아 성안으로 날렸다.

오랫동안 진나라의 포악한 정치에 시달려온 백성들은 분연히 일어섰습니다. 여러분들이 얄량한 현령의 꾐에 넘어가 성문 수비를 한다 해도 천하 각처의 제후(봉건시대에 영토를 가지고 그 영토 안에 사는 백성들을 지배했던 사람)들이 일제 봉기한 판국에 무사하지 못할 것입니다. 이제 패현을 구할 길은 현령을 내몰고 유능한 인재를 새 지도자로 뽑아 제후들에게 호응하는 길뿐입니다. 이 기회를 놓친다면 여러분은 물론 가족들까지도 죽음을 면치 못할 것입니다. 속히 일어나십시오.

이 궐기문을 읽은 현의 원로들이 한자리에 모여 의논했다. 이미 나라 각처의 소문을 들어서 익히 아는 바였다.

"우리도 이대로 있을 수는 없소. 여기 이 글의 내용처럼 유방을 따르는 것이 우리가 살고 패현이 사는 길일 것이오."

원로 하나가 결연히 나서자 다른 원로들도 찬성했다.

그들은 곧바로 젊은이들을 모아 현령을 죽이고 성문을 활짝 열었다. 그러자 유방과 소하, 조참이 앞장서고 그의 부하들이 질서정연하게 대오를 지어 들어왔다. 그들 손에는 칼이나 창 같은 무기도 들려 있었다. 주민들은 그들이 마치 전장에서 승리하고 돌아온 군사들이나 되는 듯 열렬히 환영했다.

유방의 부하들은 즉시 주민의 안정을 위한 치안 확보에 들어갔다.

다음 날, 유방을 비롯한 원로들이 한자리에 모였다. 패현의 새 지도자를 뽑기 위한 자리였다.

"유 공이 지도자가 되시지요."

원로들이 이구동성으로 말했다. 그런데 소하가 조용히 고개를 가로저었다. 쉽게 응하지 말라는 표시였다.

"지금 천하는 어지럽기 그지없는 데다가 각처에서 제후들이 봉기하고 있습니다. 그렇기 때문에 우리도 일어섰지만, 지도자가 현명하지 못하면 어떤 어려움을 겪게 될지 모릅니다. 내가 사양하는 것은 어떤 어려움에서 내 목숨이 결코 아까워서가 아니라 여러분들의 앞날을 책임질 만한 인물이 되지 못한다고 여기기 때문입니다. 다시 의논하셔서 나보다 훌륭한 적임자를 새 지도자로 세워 주십시오."

유방은 많이 달라져 있었다. 하는 말도 조리가 있었고, 자못 위엄까지 풍겼다.

그러자 원로들은 모두 박수를 치며 재삼 유방이 적임자라고 소리쳤다. 결국 유방은 마지못해 하며 원로들의 청을 받아들였다. 이로써 유방은 명실 공히 패공(패현의 현령)의 자리를 맡게 되었다.

유방이 패공이 되자 소하와 조참, 그리고 번쾌가 나서서 장정 3천여 명을 끌어 모아 군대를 조직했다. 그런 다음 탕산 은신처에서 훈련시킨 부하들로 하여금 그 군대를 지휘하게 하였다. 그러자 그들은 정예군 못지않은 위용(위엄에 찬 모습)을 자랑했다.

유방은 세력을 넓히기 위해 패현과 가까운 풍읍을 공격했고, 풍읍을 차지하자 옹치로 하여금 지키게 했다. 얼마 후 사수 어사가 풍읍을 공격해 왔지만 쉽게 물리쳤다. 그리고 오히려 설 땅을 공격해서 사수 어사의 목을 베었다.

그런데 풍읍을 맡긴 옹치가 배반하여 풍읍을 차지해 버렸다. 믿었던 군사까지 잃게 되자 유방은 화가 났다. 그래서 풍읍을 되찾기 위해 공격했지만, 군사가 부족해 싸움의 결말이 나지 않았다.

한편 그즈음 오중 땅의 항량은 회계군을 완전히 장악하여 왕과 같은 존재로 떠올라 있었다.

장초국 진왕(진승)은 수십만의 군사를 휘몰아 함곡관을 공격하기 위

해 집결했다. 하지만 생각처럼 쉽게 점령할 수가 없었다. 함곡관은 장한이 이끄는 죄수 부대가 지키고 있었는데, 그들은 용맹스럽기 그지없었다. 이들은 잘 통제되고 있었으며, 군량미도 풍부하고 막강한 무기까지 새로 지급되어 어느 군사들보다 사기가 높았던 것이다.

반면 장초군은 군사가 수십만이다 보니 그들을 먹일 양곡이 가장 큰 문제였다. 그 군사들은 대부분 먹을 것을 찾아 몰려든 유랑민에 불과했다. 그래서 진승은 군사를 둘로 나누어 한편은 함곡관 공격을 서두르게 하고, 한편으로는 양곡 확보를 위해 형양성을 공격하게 하였다.

장초군의 오광은 형양성을 포위하고 몇 번 공격을 시도했지만, 형양성은 철통같아서 달걀로 바위 치는 격이었다.

오광이 형양에서 이러고 있을 때 진왕은 어떻게 하든 함곡관을 점령하여 함양까지 쳐들어가고 싶었다. 하지만 배부른 죄수 부대들의 저항이 완강하여 더 이상 나아갈 수가 없었다.

"도적 떼를 모조리 도륙하라!"

장한의 명령에 진나라 죄수 군사는 장초군을 밀어붙였다.

"이놈들아, 도적 떼들이 감히 천하무적 황제군 앞에서 깝죽대다니!"

사기충천한 장한의 죄수 부대에 장초군은 칼 한 번 제대로 쓰지 못한 채 낙엽처럼 쓰러졌다.

본시 장한은 무관이 아니라 지방장관 출신이었다. 하지만 선천적으로 장수 기질을 타고 난 사람이었다.

"무조건 먹고 싶은 대로 실컷 먹고 마셔라!"

장한은 싸움이 있건 없건 술과 고기로 군사들의 사기를 북돋았다. 싸움에 이기면 더욱 진탕 먹였다.

"군사가 좋긴 좋구나. 항상 이렇게 먹고 마실 수 있으니."

감옥에서, 또는 공사판에서 제대로 먹지도 입지도 못한 그들로서는 꿈에도 생각지 못한 일이었다.

형양성을 공격하던 장초군은 더욱 동요했다. 결국 오광은 평소 생각이 달랐던 전장에 의해 어이없이 목숨을 잃고 말았다. 그리고 진왕은 군사들에게 먹일 양식이 없어 싸움 한 번 제대로 해보지 못하고 굶주린 군사들에 의해 죽임을 당했다.

이렇게 진승의 죽음과 함께 '장초(張楚)'라는 나라는 멸망했다. 그 기간은 불과 6개월밖에 되지 않았으나, 천하의 새로운 시작을 알리는 서막으로서의 역할을 하였다.

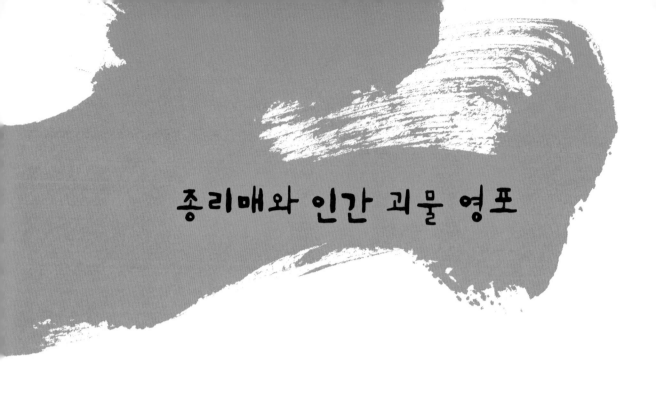

종리매와 인간 괴물 영포

이때 항량은 강동의 군사 8천 명을 이끌고 북쪽을 향하여 서서히 움직이고 있었다. 그러나 장강을 건넌다는 것은 그리 쉬운 일이 아니었다.

선봉에 선 종리매와 계포는 이미 강북 땅에 발을 디뎠지만, 맨 뒤의 병사들은 아직 강남 땅에 있었다.

강 한가운데에 다다르자 항량은 몸을 뒤로 돌렸다.

"잘 있거라!"

항량은 강동 땅 바라보며 혼잣소리로 말했다. 어쩌면 강동 땅에 다시 돌아오지 못할지도 모른다는 생각이 머릿속을 스쳤다.

"장군님, 진나라 군사들이 보입니다."

144

앞서 간 척후병(적의 형편을 탐색하는 병사)이 알려 왔다.

항량은 입술을 지그시 깨물며 믿음직한 청년 장수 항우를 바라보았다.

"음, 이제야 회남 땅에서 한판 붙게 되었군. 몸이 근질근질하던 참에 잘 되었다."

항우는 앞장서서 적진이 보이는 곳까지 말을 몰았다.

"이상하다. 전혀 대항할 기미가 보이지 않으니……."

"장군님! 다들 청색 모자를 쓰고 있습니다."

"가서 살펴보고 오너라."

항우의 명령을 받은 병사가 적을 살피고 돌아와서 말했다.

"저들은 진에 대항하는 창두군이고 우두머리는 진영이란 자이옵니다."

본래 진영은 동양현의 관리였다. 그런데 현령을 죽이고 봉기한 주민들이 진영을 왕으로 추대하려 했다. 하지만 그는 어머니의 뜻을 받들어 명망 있는 항량을 찾아 나선 길이었다.

"우린 진나라의 혹독한 지배에서 벗어나 백성들 모두가 평화롭게 잘 사는 나라를 만들기 위해 일어났소. 큰 뜻을 펼치기 위해서는 큰 인물이 필요하오. 지금 강동에서는 항량이라는 장수가 군사를 이끌고 있다고 합니다. 여러분이 좋다고 한다면 나는 그분을 모시고 싶소."

2만의 창두군은 진영의 말을 따르기로 결의하여 이곳에 온 것이었다.

그때, 대열의 뒤편에서 웅성거리는 소리가 들려왔다.

"지금 정체 모를 군사들이 몰려오고 있습니다."

진영은 그들이 누구인지 확인하기 위해 앞으로 나아갔다.

진영은 깜짝 놀랐다. 앞에 선 사람이 바로 자기가 찾고자 했던 항량 장군이었기 때문이다.

"자, 내가 말한 항량 장군님이 오십니다. 모두들 나가서 그분을 맞이합시다."

진영의 목소리는 들떠 있었다. 창두군의 깃발을 든 군사들도 함성을 지르며 앞으로 나아갔다.

"오! 장하도다. 내 그대들의 충정을 받아들이겠노라."

항량은 두 팔을 벌려 진영을 얼싸안았다.

주위에 몰려든 창두군과 항량군의 함성이 산천초목(山川草木, 산과 내와 풀과 나무. 즉, 자연)을 울렸다.

이렇게 해서 항량은 군사 2만을 새로 얻게 되었다.

이튿날, 항량은 전열을 정비한 군사들을 이끌고 계속해서 진군해 나갔다.

항량이 회수를 건너 하비 땅에 이르렀을 때였다. 어림잡아 6, 7만은 돼 보이는 군사가 몰려오고 있었다.

항우가 싸울 기세로 나서자 적진에서 한 장수가 앞으로 나서며 칼을 거두길 기다렸다.

"항우 장군, 말씀은 많이 들었습니다. 나는 영포라는 사람입니다. 여기에서 기다린 지 오래되었습니다."

영포 또한 항량군에 합류하길 원하고 있었다. 영포는 하비 땅에서 군사를 일으켜 진나라에 반란을 꾀한 인물이었다. 그는 비록 천민 출신이었지만, 그를 따르는 군사는 6, 7만이 넘었다.

그가 젊었을 때 어느 도인이 그에게 이런 말을 했다고 한다.

"당신은 죄인이 되어 얼굴에 문신을 새기고 나서야 왕이 될 것이오."

그런데 얼마 후, 영포는 정말로 죄를 짓고 얼굴에 문신을 새기는 형벌을 받아야 했다. 그렇지만 그는 문신을 새기는 동안 싱글벙글 웃기만 하였다.

"이놈아, 넌 지금 벌을 받고 있는 중인데, 대체 뭐가 좋아서 웃고 있냐?"

이상하게 생각한 관리가 묻자, 영포는 기분 좋게 웃어 넘기며 환한 얼굴로 대답했다.

"이제 왕이 되는 날만 기다리면 되니 즐거울 수밖에요."

"별 미친놈 다 보겠군. 죄인 문신이 찍힌 얼굴로 어떻게 왕이 된다더냐?"

관리들은 이구동성으로 그를 비웃었다.

그 뒤 영포는 진시황 능묘 만드는 공사판에 끌려갔으나, 곧 노역자들을 감시하는 관리들과 친해져 탈출에 성공했다.

148

양자강으로 도망친 영포는 잠시 도적이 되었다. 그러나 얼마 후 번양으로 가서 번양의 수령인 오예를 꾀어 반란을 일으키고, 군사 1천여 명을 거느리는 장수가 되었다.

"내 딸을 아내로 맞아 주게."

오예는 영포를 사위로 삼고 그에게 더 많은 권한을 부여해 주었다.

영포는 거기에 머무르지 않고 군사를 이끌고 북쪽으로 나아가 진나라의 군대를 격파하는 전과를 올렸다.

그런 중에 이렇게 항량의 군대를 만났던 것이다. 일찍이 항우의 명성을 듣고 있던 영포는 항량군에 합류할 것을 결심했다.

"영포 장군, 정말 잘하셨소. 이렇게 합세해 주니 고맙구려."

항량은 영포의 결단을 진정으로 치하했다. 영포의 군사까지 맞아들인 항량군의 위세는 가히 하늘을 찌를 듯했다.

그러던 어느 날, 팽성 부근에서 주둔해 있던 진가가 항량군에 합류하는 것을 반대하고 있다는 소식이 들려왔다.

영포가 자신의 실력을 보이고자 앞장섰다. 그의 칼 솜씨는 귀신에 홀린 듯해서 보는 이로 하여금 혀를 내두르게 하였다.

"너 이놈, 잘 만났다. 감히 누구 앞이라고 명을 거역하느냐? 하늘의 뜻을 거스르는 놈은 이 영포가 용서치 않으리라."

싸움은 너무도 싱겁게 끝났다. 꽁무니를 보이는 진가의 목을 영포가 단숨에 베어 버렸던 것이다. 항량은 진가의 군사들마저 끌어들였다.

항량의 군사는 10만여 명으로 불어났다. 이렇듯 진군하면서 군사를 모은다면 진나라 정규군과 맞서 싸울 수 있는 군세로 만들 수 있을 것 같았다.

"군사가 많아지면 먹일 곡식도 있어야 하지 않겠는가?"

항량이 걱정을 하자 영포는 빙그레 웃으며 말했다.

"그 또한 이대로 서쪽으로 진군하면 해결됩니다."

항량은 영포의 말에 일리가 있다고 생각했다.

그쪽에는 진승의 군대가 포위하고도 점령하지 못한 형양성의 오창, 안읍의 근창과 경창이 있었는데, 그곳이 바로 주요 곡물 창고였다.

'그 곡물 창고들만 차지할 수 있다면 천하를 움켜쥘 수 있다.'

그랬다. 진나라를 치려면 먼저 군량미부터 확보되어야 했다.

항량은 군대를 설 땅으로 이동하면서 항우와 종리매에게 식량 확보를

위해 양성으로 출정하라고 명령했다.

'어찌한다?'

항우는, 양성의 성벽이 높고 철통같은 수비를 하고 있어서 몇 차례 공격했지만 끄떡도 하지 않자, 고민에 빠졌다.

"이렇게 하면 어떻겠습니까?"

종리매가 의견을 내놓았다.

"어떻게?"

"정면 공격으로는 어렵고, 계책을 써야 할 것 같습니다. 수레를 동원하여 군사들을 장사꾼으로 변장시키는 것이 어떻겠습니까?"

종리매는 항우의 귀에 대고 한참 소곤거렸다. 항우는 연방 고개를 끄덕이며 빙그레 웃었다.

며칠 후, 술통이 가득 실린 10여 대의 수레가 양성 성문 앞에 나타났다. 때는 마침 해가 서산마루에 뉘엿거리고 있을 때였다.

"무엇하러 왔느냐?"

"주문받은 술을 가지고 왔습니다."

맨 앞에 선 마부가 대답했다.

"술? 누가 주문한 것이냐?"

"양성의 어느 관리가 주문했답니다."

보초 한 명이 다가서더니 맨 앞 수레에 실린 술통을 흔들어 보았다. 마부는 마개를 따고 술을 흘려 보내고는 맛 보라며 한 바가지를 떠서 건네주었다.

"기다려라."

성안으로 들어간 보초가 한참 만에 나오더니, 저희들끼리 수군거렸다.

그때 마부가 큰 소리로 말했다.

"저희들은 심부름만 하면 됩니다. 술통만 성안으로 옮겨 놓고 가게 해 주십시오. 술값은 이미 다 받았습니다."

보초들은 다시 수군거렸고, 이내 성문을 열었다.

"값을 치른 술이니 받아 두지, 뭐."

보초들은 대수롭지 않게 여겼다.

얼마 후 날이 어두워지자 항우는 군사를 이끌고 총공격을 하기 시작했다. 진나라의 수비군은 성 위에서 돌을 굴리고 활을 쏘아 대며 항우군의 접근을 막았다.

그때였다. 소리 소문 없이 성문이 활짝 열리는 것이 아닌가! 바로 술통 속에 숨어 있던 종리매와 그의 부하 10여 명이 군사들의 함성을 듣고 술통에서 나와 성문을 연 것이었다. 즉, 항우의 공격이 성문을 열라는 신호였던 것이다.

"이놈들아!"

항우군은 진나라 군사들을 젖히고 성안으로 몰려들어 갔다.

진나라군은 한번 흔들리기 시작하자 걷잡을 수 없이 무너졌다.

"도망치는 녀석들을 모조리 잡아라!"

도망가는 자보다 투항하는 자의 수가 더 많았다.

"몇 천 명은 되겠구나."

"식량도 일단 확보했고, 군사도 더욱 많아졌습니다."

양성을 함락시킨 항우는 종리매의 말을 들으며 무언가 곰곰이 생각하는 듯했다.

"이곳에서 잡은 놈들을 몽땅 묶어라!"

"예? 칼과 창만 거두면 되지 않겠습니까?"

종리매는 깜짝 놀라 물었다.

"나에게 생각이 있네."

투항한 자들이 다 묶인 것을 확인한 항우가 군사들에게 다시 명령했다.

"성 밖에 큰 구덩이를 파라!"

"구덩이라니요?"

"이 자들을 모두 생매장시켜야겠네."

항우가 나직이 말했다.

"투항한 자들을 생매장하다니요?"

"생각해 보게. 이놈들이 얼마나 우리를 괴롭혔나. 그리고 이놈들을 당장 먹여야 할 것 아닌가. 밥버러지들은 없애야 하네. 진나라 놈들은 결코 우리 부하가 될 수 없어."

종리매는 할 말을 잃었다. 결국 항우의 명령에 따라 수천 명의 진나라 군사가 생매장되었다.

이 소식은 항량의 귀에도 들어갔다.

"항우 장군께서 진나라 군사 수천 명을 생매장했답니다."

"무엇이? 생매장?"

항량은 소스라치게 놀랐다.

"진나라 군사가 끝까지 대적했던 데다가 살려 두면 우리 식량만 축낼 것이기 때문이라 했답니다."

항량은 한동안 말이 없었다. 그러더니 천천히 혼자 중얼거리듯 말을 이었다.

"식량이라, 식량⋯⋯."

꾀주머니 범증과 양치기 소년

항우가 양성을 함락하여 얻은 군량은 항량군
의 대이동 중에도 군세를 과시하는 데 효과가 매우 컸다. 끝
없이 이어진 군량 수레를 본 각처의 유민군은 모두 항량군
에 합류하기를 원했다.

어느 날 항량의 진영에 일흔 살 가량의 노인이 찾아왔다. 거소라는 곳
에서 온 범증(范增)이었다.

노인은 항량을 만나게 되자 준비해 온 이야기를 서슴없이 풀어놓았다.

"진나라가 여섯 개 나라를 멸망시켜 천하통일을 이뤘을 때, 가장 비참
한 건 초나라였습니다. 그 비극의 시작은 시황제의 증조부인 소왕이 초

나라 회왕에게 자신의 딸을 준 것이었습니다."

사연은 이랬다. 초나라 회왕을 사위로 삼은 진나라 소왕은 회왕을 초대했다. 마음 놓고 아내의 나라 진나라를 찾은 회왕은 그만 그곳에 갇혀서 죽고 말았다. 초나라 백성들은 이런 회왕이 가여워서 한없이 눈물을 흘렸다.

"또한 진승은 군사를 일으켜 위세를 떨쳤지만, 스스로 왕이 되었기에 비참한 최후를 맞은 것입니다. 만약 진승이 초나라 왕의 혈통을 찾아 왕으로 세웠다면, 그의 반란은 성공을 거뒀을 것입니다."

"흐음······."

항량은 고개를 끄덕였다.

범증은 항량의 눈에 수긍하는 빛이 어리자 더욱 힘주어 말했다.

"초에서 봉기한 모든 호걸들이 부하들을 이끌고 장군께 모이는 것은, 장군의 조상들이 대대로 초나라 장수를 지냈기 때문입니다. 그것은 장군을 초나라 왕통을 이어 줄 사람으로 믿기 때문입니다."

항량은 재삼 머리를 숙여 범증의 말을 새겨들었다.

"마치 어둠 속을 헤매다 불빛을 본 듯합니다."

항량은 범증의 말이 옳다고 생각했다. 왕은 민심을 끌어들이기 위해서라도 꼭 필요했다. 물론 실질적인 권력은 군사권을 쥔 자의 몫이었다.

"싸움은 머리로 하는 것이지 힘으로 하는 게 아닙니다. 계책을 잘 세워야 하고, 그 계책을 힘으로 응용해야 하는 것입니다."

항량은 범증의 말에 완전히 끌려들어 갔다. 구구절절 맞는 말이었다.

이때 항우가 불쑥 들어오더니 항량에게 물었다.

"이 노인이 숙부님께서 길에서 주웠다는 자입니까?"

범증이 듣기 민망한 듯 고개를 돌리자 항량이 항우를 꾸짖었다.

"이 무슨 버릇없는 소리냐? 어서 공손히 인사드려라. 이 분은 앞으로 내가 군사(軍師, 대장 밑에서 군사 작전을 짜는 사람)로 모시게 될 범증 공이시다."

"군사라고요? 그럼 나보다 높습니까?"

"물론이다. 나도 범증 공의 지시를 따를 것이다."

항우는 금세 풀이 죽어 허리를 굽혔다.

"바로 내 조카 항우 장군입니다."

"듣던 대로 영웅호걸의 상을 지니셨습니다."

범증도 허리를 굽혀 예를 표했다.

이때 항우는 각처에서 흘러드는 유민군으로 골머리를 앓고 있었다.

"찾아온 유민군 중에서 어떤 자를 뽑아야만 제 밥값을 해내겠습니까?"

항우가 첫 대면에 뜬금없이 물었다. 잠시 생각하던 범증은 항우에게 말했다.

"오늘 밤, 그들을 같은 시간에 재우도록 하십시오. 그리고 아침 일찍 일어나는 순서대로 필요한 수만큼 선발하면 될 것입니다."

"그런 방법이 있었구나. 그렇게 쉬운 방법이 있는 것을……."

항우는 감탄했다.

"게으른 자들은 별로 쓸모가 없습니다. 상갓집 개도 부지런해야 밥을

얻어먹는 게 아니겠습니까?"

"군사 어른의 말씀대로 하겠습니다."

항우는 범증을 새롭게 보았다.

그리고 얼마가 지났을 때 한 떼의 유민군을 이끌고 송의(宋義)라는 자가 찾아왔다. 그는 과거 초나라에서 대대로 문관의 최고관직인 영윤(令尹, 승상) 벼슬을 하던 집안의 후손으로 만약 초나라가 망하지 않았다면 그 역시 영윤 벼슬에 올랐을 것이다.

항량은 송의를 환영하며 그에게 거처할 큰 집도 마련해 주었다. 그런데 어쩐 일인지 범증은 그를 별로 달가워하지 않았다.

"우리는 아직 나라도 세우지 않았습니다. 그를 너무 우대하면 자기 조상과 지위를 내세우며 자만심을 가질지 모릅니다. 그보다는 초나라 왕실의 혈통을 찾는 일에 우선해야 할 것입니다."

범증의 충고를 받아들인 항량은 각처에 정탐꾼을 풀어 초왕의 후손을 찾았다. 얼마 후 정탐꾼으로부터 찾았다는 보고가 들어왔다.

"뭐? 찾았다고?"

"예, 회왕의 손자라는 말을 들었습니다."

항량과 범증은 흥분했다.

그 왕손의 이름은 심(心)이라고 했다. 초나라의 마지막 왕인 회왕의 손자인 심은 초나라가 진나라에 멸망될 때, 누군가가 데리고 도망쳐 멀리 떨어진 산골 마을의 농가에 맡겨졌고, 그곳에서 신분을 숨긴 채 자라고 있었다. 심 자신도 왕손이라는 것을 몰랐다.

"몇 살이나 되었다더냐?"

"스무 살은 넘어 보였습니다. 양치기 일을 하고 있었습니다."

항량과 범증은 양치기 소년 심을 화려하게 꾸민 수레로 모셔 와서 초나라의 왕으로 받들었다. 그리고 할아버지의 왕호를 따서 그대로 회왕으로 부르기로 했다. 그리고 회왕 옆에는 송의를 붙여 주어 형식적이나마 왕으로서 궁중 일을 보도록 했다.

"이제 항량 장군의 작위(벼슬과 지위)를 생각해서야 합니다."

범증이 항량의 작위를 어떻게 해야 할지를 꺼냈다. 항량으로서는 기다리던 말이었다.

"군사께서 생각한 바를 말해 보시오."

"심을 왕으로 세운 이상 왕이라고는 할 수 없고, 군(君) 작위는 어떠실는지요?"

군은 작위(爵位) 이상의 권위를 갖는 존재였다. 군은 큰 땅을 소유했고, 왕에 대해서도 강한 발언권을 가지기 때문에 사실상 독립된 정부라고 할 만했다.

"나야 군사의 의견에 따르겠지만……."

항량은 군이라는 작위가 싫지 않았다. 마음속으로도 생각해 온 터였다.

"그럼 그렇게 하겠습니다. 그런데 군이라 해도 이름이 있어야 하는데, 무신군(武信君)이라고 하는 것이 어떠실지……."

범증은 이미 자세하고 빈틈없이 계획을 짜 놓은 듯했다. 항량은 범증의 의사를 받아들였다. 그래서 그날로 항량의 호칭은 군 사령관 무신군이 되었다.

〈 2권으로 계속 〉

부록 1

전국시대 지도
진나라 지도
진나라 말기 반란이 일어난 지역

전국시대 지도

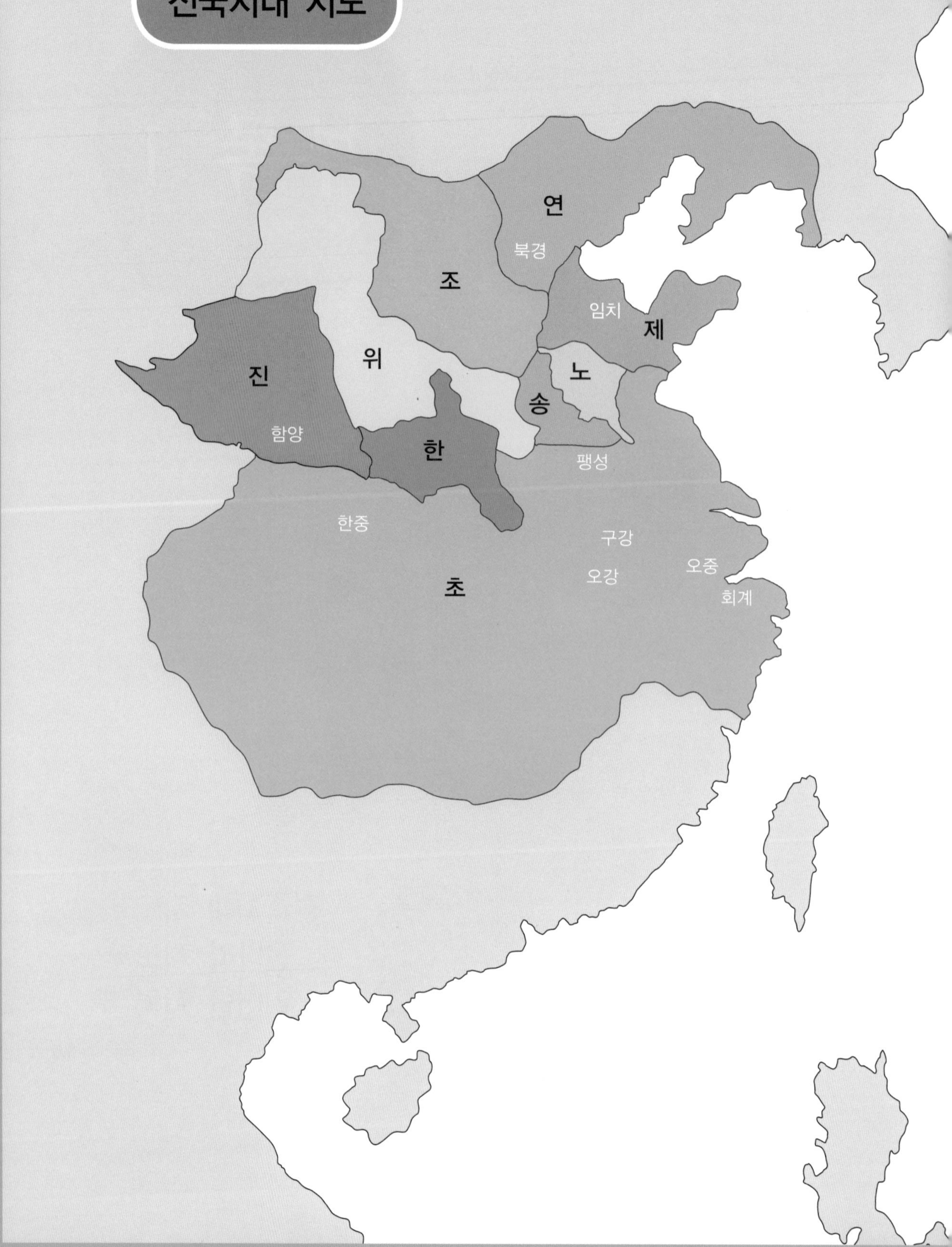

연

북경

조

임치

제

위

진

노

함양

송

한

팽성

한중

구강

오중

오강

회계

초

진나라 지도

북경

임치

위수 함양

함곡관
무관

팽성
수춘

오강   강수   오중

회계

진나라 영토

대륙

만리장성

진나라 말기 반란이 일어난 지역

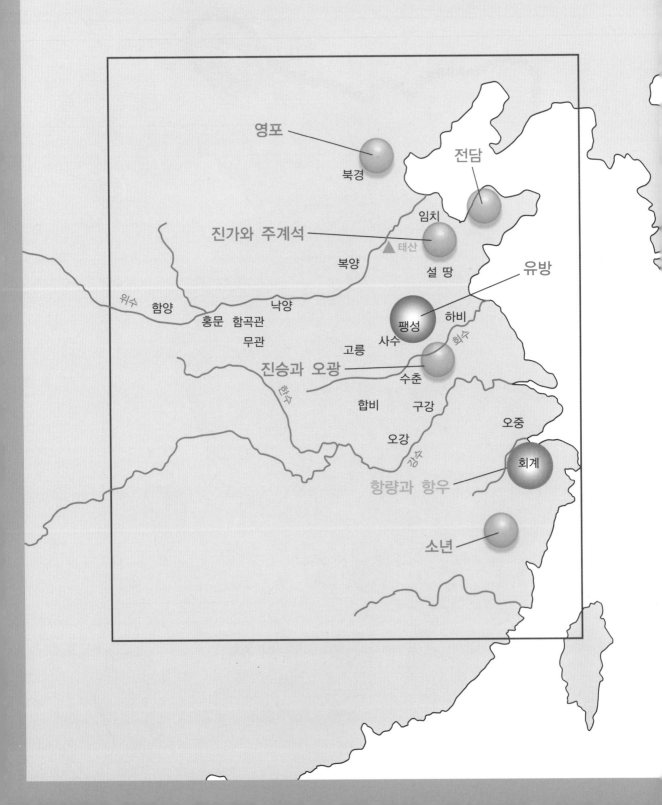

부록 2

진(秦)나라 시황제(始皇帝)는 누구인가?
비교 연대표

진(秦)나라 시황제(始皇帝)는 누구인가?
BC 259년 ~ BC 210년

진시황 박물관 외부에 세워져 있는 시황제의 동상

성은 영(嬴), 이름은 정(政)이다. 조(趙) 나라의 대상인 여불위(呂不韋) 덕분에 왕이 될 수 있었던 장양왕의 아들로, 13세에 왕이 되었다. BC 238년부터 직접 정치를 하기 시작하면서 BC 230에서 BC 221년까지 한(韓)·위(魏)·초(楚)·연(燕)·조(趙)·제(齊) 나라를 차례로 멸망시키고 천하통일의 위업을 달성하였다.

통일 후 스스로 시황제라 칭하고, 강력한 중앙집권정책을 추진하여 법령의 정비, 전국적인 군현제 실시, 문자·도량형·화폐의 통일, 전국적인 도로망의 건설 등을 강행하였다. 또 하늘의 나라를 본

떠 대대적으로 확대·건설한 수도 함양으로 전국의 부호 12만 호를 강제 이주시키는 한편, 반란을 막고자 민간의 무기소지를 금하게 하였다. 또 사상의 통일을 위해 분서갱유(焚書坑儒)를 단행하였다.

대외정책에 있어서도 적극성을 보여 북으로는 흉노족(匈奴族)을 격파하여 황하 이남의 땅을 수복했고, 전국시대 각국의 장성을 대대적으로 개축하여 요동에서 감숙성에 이르는 만리장성을 건설하였으며, 남으로는 베트남 북부와 해남도까지 정복하여 군현을 설치하였다.

그 외에도 아방궁과 병마용갱의 건설로 많은 백성들을 고통스럽게 만들었다. 그중 항우에 의해 불타 없어진 아방궁은 최근에 복원되었다.

진나라 때의 화폐 – 시황제는 중국 최초로 화폐를 통일했다.

복원된 아방궁

만리장성

병마용갱 내부

시황제의 병마용갱(兵馬俑坑)

천하를 통일한 시황제는 자신의 권력을 자랑하고 싶었다. 또한 죽어서도 그 권력과 힘을 유지하고 싶었다. 그래서 자신의 무덤(능) 근처에 실제 모습과 크기가 동일한 군대를 흙으로 빚어 놓았는데, 이것이 바로 병마용이며, 병마용이 묻혀 있는 곳을 병마용갱이라고 한다.

진시황릉 병마용갱은, 심한 가뭄으로 우물을 파던 농부에게 발견된 1974년부터 발굴이 시작되어 현재 총면적 25,380평방미터에 달하는 4개의 갱이 발굴되었다. 아직 완전히 발굴되지 않은 1호갱은 길이 210미터, 너비 60미터, 깊이 4.5~6.5미터, 총면적 12,000평방미터나 된다. 본래 이 갱 위에는 건축물이 있었으나 불타 없어졌다고 한다.

시황제의 병마용(兵馬傭)

흙으로 빚어진 병사와 말을 병마용이라
하는데, 병사의 경우 1.75~1.86미터의 키
로 실제 사람의 키와 동일하다. 병사들은
모두 무장하고 있고, 엄격한 표정을 하고
있다. 총 6,000개가 넘는 병사 모형들은
각기 다른 표정과 다른 머리 모양을 하고
있으며, 각 계급에 따라 복장도 달리하고
있다. 기병용 116개, 보병용 562개가 매
장된 것으로 추정되고 있다.

또한 말의 모형은 높이가 무려 2미터가
넘는데, 이 역시 실제 말과 같은 크기로
빚어져 있다. 무려 356개의 모형이 출토
되었다. 그 외에도 시황제가 타고 행차를
했다는 온량거 등 다양한 유물이 출토되
었다. 병마용들은 하나하나가 모두 훌륭
한 예술품으로 평가되고 있다.

다양한 표정과 각기 다른 복장의 병용들

마용

병마용갱에서 출토된 청동정

온량거 – 병마용에서 출토된 것으로 실제 크기와 동일하다.

	중국사	한국사	세계사
BC 1000년 이전			250만 구석기시대 시작
		약 70만 년 전 구석기문화	
			40만 불의 사용법 발견
			6만 크로마뇽인 출현
			4만5천 빙하기 시작
	7500경 배리강裴李崗 문화		4만 호모사피엔스의 출현
	7000경 자산磁山 문화		1만5천 최초로 농사 시작
	6000경 하모도河姆渡 문화	6000 신석기문화	
	5000경 앙소仰韶 문화		
			4500 이집트, 농경 목축 생활
	3500경 대문구大汶口 문화		4000 도시 형성
			3500 이집트 문명 시작
			3000 수메르, 문자 발명
	2500경 용산龍山 문화	2333 단군, 고조선 건국	2500 메소포타미아 문명 시작
		아사달에 도읍	2400 인더스 문명 시작
			2112 트로이 제2도시 건설
	2000경 하왕조 시대 시작		우르남무가 우르왕조 창시
			우르남무법전 성립
			2000 이집트, 파피루스 발명
			1800 함무라비 왕, 메소포타미아 통일
	1650경 탕왕湯王, 상(은)왕조 시작		1750 함무라비 법전 편찬
	3황5제三皇五帝, 요·순·하		1600 에게 해 문명 시작
	시대	1122 8조금법八條禁法 제정	1400 미케네문명 전성기
	1070경 무왕, 주왕조 창건(서주시대)		1352 이집트, 투탕카멘 왕 즉위
	의왕, 주왕조 세력 약화	1000 청동기문화의 전개	1200 페니키아인, 알파벳 발명
			그리스 문명 시작
			1000 이탈리아 반도,
			라틴인의 타티움 평원 정착
BC 1000~722		1000 고조선의 발전	
	841 여왕, 추방 – 공위空位시대 개막		814 페니키아, 카르타고 건설
	827 선왕, 주왕조 중흥		800 그리스 폴리스 성립
			776 그리스, 올림픽 경기 시작

	771 신후의 공격 – 서주왕조 멸망
	770 유왕 사후 태자 의구 즉위
	  – 동주 시대 개막
	722 노 은공 원년 – 춘추시대 개막
			750 그리스, 대식민지 운동 시작
			  이집트 제25왕조 흥성

BC
722~403
	685 제 환공 즉위 – 정치개혁 시작
	679 제 환공, 최초의 패자가 됨
	  – 송 · 진 · 위 · 정나라와 회합
	651 제 환공, 패업 완성
	632 진 문공, 송 · 제와 초 격파
	606 초 장왕, 육혼의 융 정벌
	597 초 진나라 군사 격파
	552 공자 출생.
	536 정나라, 성문법 주조
	496 오왕 합려, 월에 패해 사망
	  – 아들 부차가 뒤를 이음
	494 오왕 부차, 월왕 구천 격파
	
	480 묵자 출생
	479 공자 사망
	473 월왕 구천, 오를 멸망시킴
	453 진의 3대부 한 · 위 · 조,
	  진을 삼분三分하여 독립
	445 위의 문후 즉위
	  – 이회 · 오기 등 임명, 개혁 시행
	
	403 한 · 위 · 조, 주왕실에서 제후로
	  인정
			720 스파르타, 메세니아 정복
			
			683 아테네, 귀족제 성립
			
			600 로마 성립
			
			563 석가 탄생
			525 페르시아 오리엔트 통일
			509 로마, 왕정 폐지, 공화정 수립
			500경 마야, 마몬문화 융성
			500 페르시아, 이오니아 반란 진압
			494 로마 호민관 설치
			492 페르시아, 다리우스 왕
			  제1차 페르시아전쟁 시작
			490 페르시아, 다리우스 왕
			  제2차 페르시아전쟁 시작
			483경 석가 열반
			480 페르시아, 크세르크세스 왕
			  제3차 페르시아전쟁 시작
			  9월 살라미스 해전
			464 스파르타, 최초의 노예반란 발생
			449 로마, 12표법 제정
			438 파르테논 신전 완성
			431 펠로폰네소스전쟁 발발

BC 403~221			

	359 진 효공, 상앙 등용
	  – 제1차 상앙변법
	350 제2차 상앙변법
	  진, 함양으로 천도
	333 소진, 합종책 성립.
	  소진, 6국의 재상을 겸임
	
	299 초 회왕이 진에 포로가 됨
	296 초 화왕, 진에서 객사
	288 제를 동제, 진을 서제라 칭함
	  – 동서 대립 격화
	278 진의 장군 백기, 초의 수도 영 점령
	260 백기, 조를 공격 – 장평 전투
	259 진왕 정(후일의 시황제) 출생
	221 진이 제를 멸망시키고 천하통일
	  – 최초 황제 칭호 사용
	  – 전국을 군현으로 편성
	  – 화폐 · 도량형 · 문자를 통일
		300 철기문화의 보급	399 소크라테스 사망
			395 코린트전쟁 발발
			384 아리스토텔레스 출생
			356 알렉산더 출생
			
			337 마케도니아의 그리스 정복
			335 아리스토텔레스, 리케이온 설립
			334 알렉산더, 동방원정
			330 알렉산더, 소아시아 정복
			323 알렉산더 사망
			312 로마, 아피아 가도街道 건설 시작
			
			298 로마, 제3차 삼니움전쟁
			  – 이탈리아 중부 정복
			
			264 제1차 포에니 전쟁 시작

BC 221~202	214 만리장성 건설 시작
	213 분서령 반포, 사상통제 단행
	212 분서갱유 발생
	210 시황제, 5차 순행 중 사망
	  2세 황제(호해) 즉위
	209 7월 진승 · 오광 거병
	  9월 항우 · 유방 거병
	203 12월 항우, 오강에서 전사
	202 2월 유방, 황제에 등극
			214 제1차 마케도니아전쟁 시작

BC 202~1	201	10월 한 고조, 흉노를 공격하다 평성에서 포위		200	제2차 마케도니아 전쟁 시작
	200	자석 발견			
	196	한신 · 팽월 · 경포 등 살해 유씨 일족이 제후황에 분봉	194 위만, 고조선의 왕	192	시리아 전쟁 시작
	195	4월 고조 사망 혜제 즉위 – 여후의 전제 시작			
	188	8월 혜제 사망.			
	187	여후의 임조칭제 시작		171	제3차 마케도니아 전쟁
	180	7월 여후 사망, 여씨 일족 살해 문제 즉위		168	마케도니아 왕조 멸망
	168	전조田租 감면			
	167	전조田租 폐지			
	157	6월 문제 사망, 경제 즉위		149	제3차 포에니 전쟁 발발
	156	전조 부활(세율 1/30)		146	카르타고 멸망.
	154	오초칠국吳楚七國의 난 발생, 평정			
	141	1월 경제 사망, 무제 즉위			
	140	연호年號 시작			
	139	장건, 서역西域으로 출발 – 실크로드 개척			
	136	오경박사 설치		135	시칠리아 섬, 제1차 노예전쟁
	133	대 흉노 관계 악화			
	129	위청, 제1차 대 흉노 전투 출격			
	127	위청, 제2차 대 흉노 전투 출격 – 오르도스지방 제압 – 삭방 · 오원군 설치			
	126	장건, 서역에서 귀환			
	121	곽거병, 대 흉노 2회 출격 – 흉노의 혼사왕 투항 – 하서 지역에 4개군 설치			
	119	위청 · 곽거병, 대 흉노 출격 장건, 재차 서역으로 출발			
	110	무제, 평준법 실시			
	108	한사군 설치	108 고조선 멸망 한사군 설치		
	106	최초로 주州 자사剌史를 설치			

104 태초력太初曆 채용 관제 개혁 이광리, 제1차 완 원정 실패		**103** 시칠리아 섬, 제2차 노예전쟁 **100** 카이사르 출생
101 이광리, 제2차 완 원정	**100경** 부여 건국	
99 이광리, 대 흉노 출격 이릉, 흉노에 투항		
91 7월, 무고의 난 황태자 거와 처자가 살해		**89년** 이탈리아인에게 로마시민권 부여
87 2월, 무제 사망. 소제 즉위 곽광·상홍양 등이 보좌		**82** 안토니우스 출생
81 염철회의鹽鐵會議 개최 - 《염철론鹽鐵論》		
80 연왕 단의 모반, 곽광 정권 확립		
74 4월 소제 사망, 7월 선제 즉위		**73** 검투노예 스파르타쿠스의 난 발생 (일명 제3차 노예전쟁)
68 곽광 사망, 선제의 친정 시작		**69** 클레오파트라 출생
60 최초로 서역도호西域都護 설치	**59** 해모수, 북부여 건국	**63** 카이사르, 최고제사장 취임 아우구스투스 출생
49 12월 선제 사망, 원제 즉위	**57** 신라 건국 박혁거세, 거서간 즉위	**60** 로마, 삼두정치 시작 **58** 카이사르, 갈리아 정복 **47** 카이사르, 《내전기》 완성 **44** 카이사르 암살
33 5월, 원제 사망, 성제 즉위 - 왕봉 중심의 외척이 권력 장악	**37** 주몽, 고구려 건국 **28** 고구려 부위염, 북옥저 병합 **18** 온조, 하남위례성 백제 건국	**31** 악티움 해전 **30** 이집트, 프톨레마이오스 왕조 멸망 안토니우스와 클레오파트라 사망 **27** 아우구스투스 즉위 – 로마 제정 시작
8 왕망의 권력 장악		
7 2월 성제 사망, 애제의 즉위 - 왕씨 권력 상실		
1 6월, 애제 사망, 평제 즉위 - 왕망, 재차 권력 장악	**5** 백제, 한산(漢山)으로 천도	
AD 1		그리스도 탄생